दायरा

धर्मेन्द्र मिश्रा

हिंदी उपन्यास

to the jurisdiction of courts of Rewa,Madhya pradesh India.

प्रस्तावना

परमपिता परमेश्वर की कृपा,आशीर्वाद स्वरुप जो भाव ह्रदय में विद्यमान थे प्रेरणा स्वरुप उन भाव को इस उपन्यास कथा,कथानक और पात्रों के माध्यम से दर्शाने की चेष्टा है।

ये उपन्यास कुछ ऐसे युवाओं के संघर्ष और आकांक्षाओं पर आधारित है जो समाज और सामाजिक कुरीतिओं से परे सामजिक समरसता का ख्वाब देखते हैं।

हमारा जीवन ये समाज एक दायरे में बंधा है ,अमीरी -गरीबी,जाती,वर्ग,समुदाय, मजहब जैसे कई ऐसे दायरे हैं जो तैं मानक पर आधारित है।

किंतु इस कहानी में नायक के मन में उठने वाले भाव, तरंगे, प्रेम की लहरे इस समाज रूपी दायरे, बंधन से परे है जहाँ बोध है मनुष्यता, नैतिकता, समानता , न्याय जिसके लिए वे समाज से संघर्ष करते हैं।

क्या उनके सपने पूरे हुए ? क्या वो इस दायरे को तोड़कर आगे बढ़ पाए ? क्या उनकी मंजिल मिल पाई ? इन सब सवालों के जबाब आपको इस उपन्यास को पढ़ने के बाद ही मिल पायेगा।

निः सन्देह आप को ये कहानी अंदर से विचारों की एक नई पराकाष्ठा पे ले जाने वाली है, जहाँ प्यार है, तकरार है, रहस्य है, अपराध है, नाटक है, हास्य है, आंख में आंशू भर देने वाली चिर करुण वेदना है।

तो चलिए हम और आप अपने अपने तैं मानक पर आधारित वैचारिक संकीर्णता से बंधे,बंधन, दायरे को तोड़ सभ्य और उन्नत समाज की ओर बढ़ते हैं ।

1.

रमेश और मुकुल,इंदौर में एक ही कालेज से इंजीनियरिंग की पढ़ाई करते थे, दोनों में गहरी दोस्ती थी, एक साथ ही हॉस्टल के रूम पे रहते, इंजीनियरिंग के आखिरी सेमेस्टर के एक दिन पहले रात में रमेश,मुकुल से- बस बहुत हो गया भाई, लाइट बंद कर दे, तोंते की तरह रटने से कुछ नहीं होगा ,सुबह होते ही सब सफाचट हो जायेगा।

मुकुल- एक्जाम के एक दिन पहले ही तो किताब खोलता हूं वो भी न करूं तो कल एक्जाम हा◌ॅल में बैठकर घंटा बजाउंगा?

रमेश- डरता क्यूं है, होगा जो होगा मेरा भी तो एक्जाम है, मुझे देखों कैसे टेन्सन फ्री हूं।

मुकुल- भाई तेरी तरह सब ग्यानी ना हो तो... हमारे तो पेंदे में ही छेंद है साला कुछ पल्ले ही नहीं पड़ता ।

रमेश- तेरे कहने का मतलब तू नालायक है,मेरी बात मान तुझे इक ज्ञान की बात बताता हूँ।

मुकुल- भाई तू अपना ज्ञान अपने पास ही रख, मुझे तो आज रात भर पढ़ना है ,कल का पेपर हो जाए समझो गंगा नहा लिये।

रमेश हँसते हुए- अपनी डिग्री को भी नहला देना उसके भी पाप धुल जायेंगे।

मुकुल ,उसकी बातों से उकताते हुए - भाई तू अपनी फिलोसोफी अपने पास रख मुझे पढ़ने दे अभी तो आधा भी नहीं पढ़ पाया, लिखूंगा क्या कुछ समझ में नहीं आ रहा।

रमेश ,मुकुल को चिढ़ाते हुए - तूने फिलोसोफी की बातें कर दी तो सुन, जिन्दगी

न तो परीक्षा है और न ही क्वेश्चन पेपर, जिन्दगी तो एक कोरे कागज की तरह है, जिसमें हम अपने कर्म रूपी कलम से अपनी जिन्दगी की किताब लिखते है ,लेकिन तूने अपनी जिन्दगी की किताब के पन्नों में डर वहम लिख दिया है, और वहीं डर तेरा वजूद बन गया है, सोच क्या होगा अगर तू फेल हो जायेगा ?

मुकुल, झल्लाते हुए - घरवालों की लात पडेगी और क्या ? पिताजी ताने दे दे कर मार डालेंगे, बर्बाद कर दिया सब पैसा नष्ट कर दिया ,मुँह दिखाने के लायक ना छोड़ा अभी तो फ़ोन से गोली दागते हैं फिर तो मेरे ऊपर एटम बॉम्ब ही गिरा देंगे।

रमेश,हँसते हुए - सर्वाइवल इज द फिटेस्ट, फिर तेरे अंदर एक नए साहस और आत्मविश्वास का जन्म होगा ।

मुकुल, गंभीर स्वर में- हे महाग्यानी! उसके बाद भी ड़र दूर न हुआ तो क्या फिर से पढ़ना पडेगा ?

रमेश ,मुकुल के मज़े लेते हुए - नहीं फिर चुल्लू भर पानी लेना और नाक में ड़ाल लेना शायद कुछ शर्म आ जाये?

मुकुल,किताब की ओर देखते हुए जैसे उसके कुछ पल्ले ही न पड़ रहा हो - अभी चुल्लू भर पानी नाक में ड़ाल कर देखता हूं शायद शर्म आ जाये और मै पास हो जाऊं?

रमेश,अपना हाँथ हवा में लहराते हुए - भगवान मूर्ख बना दे किसी को मगर मूढ़ न बनाए, बीच में रहने वाला इंसान कुछ न कर सके तुम्हारी तरह, फालतू की बातें ही करेगा।

मुकुल, रमेश को चिढ़ाते हुए - तू ये मत भूल सबसे सुन्दर कमसिन हसीना सीमा मेरी गर्लफ्रेन्ड है, खूबसूरत लड़कियों को तो हैंडसम लडके ही पसंद आते हैं।

रमेश - आजकल की लड़कियां कुत्तों की तरह दुम हिलाने वाले लड़कों को पसंद करती है, वो तुम पे तरस खाती है अभी उसकी चाकरी करना बंद कर दो, दूसरे दिन से घास भी नहीं ड़ालेगी।

मुकुल , सांसे भरते हुए - कोई हमें पल दो पल के लिए प्यार करले झूठा ही सही और हमें कौन सा उसके साथ जिंदगी गुजारना है,

तुम्हारे शब्दों में कहें तो कोरे कागज में कुछ प्यार मोहब्बत के रंग भर दे, जिंदगी वैसे ही कट जानी है, क्यूं न सही से ऐसे ही सही।

रमेश - भरो जो भरना है कल एक्जाम के बाद मैं तो शाम की ट्रेन पकड़कर सीधा अपने घर, एक साल हो गए ,घर वालों से तो रोज ही फोन पर बातें हो जाती है लेकिन बचपन के साथ पढ़ने खेलने वाले...वो गांव की हरियाली ,,,अब तो लगता है हवा में उड़कर झट से पहुंच जाऊं।

मुकुल- इतनी भी जल्दी क्या ? घर तो हम भी जाएंगे पर तुमसे पार्टी लेकर ही जाएंगे ?

रमेश - बातें थी बातों का क्या, कुछ बातें ऐसे ही कह देता हूं।

मुकुल- याद करो वो वादे जो तुमने किये थे, इस इतवार तुम पिला दो अगला इतवार हमारे नाम कर दो ...भाई महीने गुजर गये वो इतवार आया ही नहीं।

रमेश - जो याद रखना चाहिए वो तो याद रहता नहीं, दारू पिला दो।

मुकुल - प्रामिस तो प्रामिस है अब तुम मुकरना मत।

रमेश - ठीक है भाई पिलाउंगा ही नहीं नहलाउंगा भी शराब से लेकिन यहां नहीं घर पर।

मुकुल - देख भाई तू ज्यादा दिमाग न चलाया कर, पिलाना है या नहीं हां या ना में जवाब दे ?

रमेश - अबे चुतिये सुन तो ले, बहन की शादी है, जी भर के पिलाउंगा देशी, ठर्रा, अंग्रेजी जो बोलेगा ?

मुकुल - ऐसा क्या, तेरी बहन की शादी है और तू अब बता रहा है ?

रमेश - बेटा बहन की शादी है मेरी नहीं, दो-तीन दिन पहले आजइयो, सुबह रोज दो पैग पीके काम पर लग जाना।

मुकुल, हंसने लगता है उसे हंसते देख कर रमेश भी हंसने लगता है।

मुकुल - कल की कल देखेंगे, जरूरी चीज तो याद ही कर ली , इतनी गहराई से कौन का◌ॅपी चेक करता है, अंदर लिख देंगे कुछ भी ...लाइट ऑफ कर देता है ।दोनों एक ही

बिस्तर पे अपना -अपना कोना पकड़ कर लेट जाते हैं ।

रमेश , हंसते हुए - सीमा और अपनी प्रेम कहानी ही लिख देना।

कुछ देर बाद रमेश मुकुल को हिलाते हुए सो गया क्या, साले भैंस की तरह जुगाली भरता है चल मुंह उधर कर बास आ रही है।

मुकुल ,औंधे मुंह लेटे-लेटे जंभाई लेते हुए - अभी कोई लड़की होती तो कुत्ते की तरह सूंघता, आह क्या खुशबू है।

रमेश - ये काम तू ही अच्छे से कर सकता है।

मुकुल -आशा राम है ज्ञान भी दे, भोग भी करे ।

रमेश - सच-सच बताना तू 20 पन्ने लिखता क्या है?

मुकुल - लिखना क्या है पहले लिया गया ज्ञान अब काम आ रहा है, 12वीं में जो वंडर आॅफ साइंस, काऊ का लेख रट्टा मारा था ,वो आज भी याद है, बस उसी को घुमा फिरा के लपेट देता हूँ ।

रमेश हंसते हुए - आज तू इस राज से पर्दा हटा ही दे ?

मुकुल -साइंस इस दा साइंस ...वी लिव इन दा होल साइंस ... ट्रंसफार्मा नीड ऐसी करंट ...मोटर नीड डीसी करंट, ऐसी करंट डीसी करंट बोथ अर इंटरचेंजिंग करंट।

रमेश, ठहाका लगाते हुए- बस बस आगे नहीं,चेक करने वाला BC और तू CC फूल साइंस।

***

2.

अगले दिन एक्जाम देने के बाद रमेश शाम की ट्रेन से घर निकल गया। चेहरे पे खुशी

की लालिमा, मन में एक अजब सा उत्साह रमेश के चेहरे से साफ झलक रहा था ।

हो भी क्यूं ना आखिर एक साल बाद घर जा रहा था। ट्रेन की खिडकी के नजदीक बैठ कर ठंड़ी-ठंड़ी हवाओ को महसूस करते हुए घर की यादों में कहीं खो गया।

अपने बचपन के लगोटियां यार शिवपूजन और आरिफ के साथ कैसे स्कूल के दिनो में मस्ती किया करता था ।

रमेश बचपन मे ही बडी सैतानियां किया करता था। हमेशा कुछ ना कुछ उटपटांग हरकतें करता, कहीं किसी की किताब तो कभी किसी की पेन पेन्सिल छिपा देता।

बचपन से ही बड़ा बातूनी था, मार-पीट में भी कम ना था, बात-बात लड़ने पे उतारू हो जाता, जो लड़के बैर रखते मारने आते शिवपूजन और आरिफ ढ़ाल बन के खड़े हो

जाते, मजाल क्या किसी की जो रमेश को हांथ भी लगा दे।

उपर से गांव के जमीदार ठाकुर साहब का लड़का एक अलग ही रौब रुआब, रुतबा , स्कूल भर में धाक थी।

रमेश भी दोस्ती यारी में कम ना था वो भी उतना ही स्नेह रखता कभी भी ऊंच-नीच का भाव मन में ना पनपने देता। एक जाति से चमार तो दूसरा मुसलमान लेकिन अपने ही जैसा समझता लोग भले ही कुछ भी कहें।

रमेश के चेहरे के भाव धीरे-धीरे बढ़ने लगे, माथे पे सिकन पड़ने लगी, सालों से दोनों की कोई खोज-खबर नहीं, आरिफ के अब्बू की आर्थिक स्थिति अच्छी न होने से कई साल पहले अपने मामा के गांव में उन्ही के पास रहने चला गया था।

अब पता नहीं कहां होगा, करता भी तो क्या, उपर वाला सब को अमीर गरीब बनाये मगर किसी को सौतेली मां न दे।

आरिफ तीन साल का रहा होगा तभी उसकी अम्मी गुजर गई। गरीबी और मुफलिसी के चलते साल भर नीम हकीम ओझा की जड़ी-बूटी, झाड फूंक करवाते रहे फिर भी राहत ना मिली चारपाई पे पड़े पड़े ही आरिफ की अम्मी ने दम तोड़ दिया।

आरिफ के अब्बू ने दुधमूहे बच्चे की देखभाल के लिए दूसरी बार निकाह पढा, लेकिन वो सैतान की खाला उसे आरिफ फूटी आंख ना भाता ।

चैन से दो जून की रोटी भी ना खाने देती दिन भर सर पे सवार रहती, जानवरों जैसे सलूक करती, आरिफ के अब्बू साधारण स्वभाव के थे,मन मसोस के रह जाते,कौन इस छूत के मुंह लगे।

कपडे सिलने का काम करते थे उससे भी कुछ खास आमदनी ना हो पाती, समय बदलने के साथ लोगों का पहनावा भी बदलने लगा, नये ढंग के कपड़े सिलवाने लगे, इक्का दुक्का लोग महीने में सिलवा लेते तो सिलवा लेते, जमीन जायदाद के नाम पर बाबा आदम के जमाने का बना एक टूटा- फूटा मकान और घर के सामने ही एक छोटा सा खेत का टुकड़ा बचा था।

बड़ी मुश्किल से गुजर-बसर हो रहा था, उपर से दूसरी बीबी रूखशाना को भी चार बच्चे हो गये।

एक आदमी और इतने सारे लोगों का भार ना जीते बन रहा थ ना मरते, अंदर ही अंदर कुढ़ते रहते।

आरिफ के मामा मंसूर अली नेक दिल इंसान थे आरिफ को अपने साथ ले गये, शहर में मकैनिक का काम करते थे सोचा आरिफ को

भी अपना हुनर सिखा कर खुद के पैरो पे खड़े होने लायक बना देंगे।

रमेश अपना बीता हुआ कल सोचते सोचते नीद की आगोश मे कब गया पता भी न चला, सुबह नीद स्टेशन पर आकर ही खुली।

रेवांचल का आखिरी स्टेशन और रमेश की मंजिल भी, ट्रेन यात्रियों से खचा-खच भरी थी। उतरने की जल्दी में लोगों में एक दूसरे को धक्का-मुक्की करने लगे इस उहा-पोह चिलल्म-चिल्ला में रमेश की निद्रा अचानक टूटी हडबड़ाते हुए,बगल में बैठे यात्री से -अरे भाई पहुच गये क्या ? बताया क्यूं नहीं, बगल में ही खडे व्यक्ति से, वो आदमी अपना मुंह बनाते हुए -कोई दिक्कत नहीं सोते रहो अपना ही स्टेशन है, इससे आगे तो जायेगी नहीं।

रमेश - अच्छा किया आपने बता दिया नहीं मुझे तो पता ही नहीं था। अपना बैग लेकर नीचे उतरने लगा।

***

3.

इस भीड़ भाड़ से निकल कर रमेश एक आटो रिक्शा में बैठ गया रास्ते में रमेश ने सोचा क्यूं ना आरिफ के अब्बू की दुकान होते हुए चले जो सहर से पहले ही एक छोटा सा कस्बा बसा था जिसमें तकरीबन बीसियों दुकान सब्जी-भाजी से लेकर कपड़ो तक की दुकाने वहीँ पर एक टूटी-फूटी आरिफ के अब्बू की सिलाई की दुकान थी ।जो भी हो जिस भी हालत में हो इज्जत बहुत कमाई थी लोग उन्हें बेग साहब कह कर ही बुलाते।

रमेश, दुकान के सामने उतर गया, आरिफ के अब्बू ने देह में इक मटमैला कुर्ता सर में

टोपी लगाये अपनी आंखे गड़ाये सिलाई में लगे हुए थे।

रमेश - आदाब चचा कैसे हो , बड़े कमजोर दिख रहे हो?

आरिफ के अब्बू अपना सर ऊपर करते हुए रमेश को देख कर उनके मुरझाये हुए चेहरे पे खुशी की लालिमा आ गई, आत्म विभोर होकर - अरे रमेश, बेटा कब आये तुम तो गूलर के फूल हो गये, साल भर गुजर गए तुम्हे देखे, आंखे तरस गई, तुम्हारे वालिद जब मिलते हैं तब-तब उनसे तुम्हरी खैरियत लेता रहता हूं, और सब राजी-ख़ुशी है ना ?

रमेश, बेग साहब के दोनों कंधो पे हाथ रखते हुए - हां चचा आप लोगों की दुआ से सब बढ़िया है, खैर वो सब छोड़िये आपकी तबियत कुछ ठीक नहीं दिख रही, क्या बात है ?

बेग साहब- लंबी सांस भरते हुए हां अब इस तबियत का क्या, अब अल्ला के घर में ही दुरूस्त होगी, अब तो बस उसी की रहमत का इंतजार है कब अपने पास बुला ले।

रमेश - चचा ऐसी बात मत करो ,अभी तो आप जवान हो 50-55 की उमर भी भला कोई उमर होती है, इस उमर में तो शहर के लोग फुटबल खेलने जाते हैं।

बेग साहब - बेटा वो सब अमीरों के चोचले हैं, यहां तो इस बेजार जिन्दगी ने हमें ही फुटबाल बना दिया ,बची कुची कसर तुम्हारी चचीजान निकाल देती है।

रमेश - चाचा आप फिकर ना करों उपरवाले ने चाहा तो दिन जरूर फिरेंगे, अब अपना आरिफ भी कमाने लायक हो गया है, वो है कहां?

बेग साहब - उसी का तो आसरा है, बताना ही भूल गया, वो पास वाली जो नाई की

दुकान है ना जो ...उसी में अपना आरिफ गाड़ी सुधारने का काम करता है।

रमेश - चचा क्या बात कर रहे हो इससे बड़ी खुशी की बात भला क्या हो सकती है।

***

4.

रमेश, बेग साहब से विदा लेकर आरिफ की दुकान जा पहुंचा, रमेश को देखते ही आरिफ की बाहें खिल जाती हैं।

रमेश भी अपनी बाहे,फैलाते हुए आरिफ की ओर लपका - और मियां आरिफ बेग क्या हाल है, इसकी गर्दन काहे मरोड़े दे रहे हो?

आरिफ खुशी से उछलते हुए - तुझे देख कर रोउं ,हसूं या सजदा करूं, हर रोज खुदा से दुआ करूं, जहां भी रहे तू सलामत रहे।

रमेश - आ गले लग जा दुआ करने के लिए तो उमर पड़ी है,

वैसे ये शेरो शायरी का गाड़ी बनाने से क्या कनेक्शन है ?

आरिफ - कुछ तो मुफलिसी कुछ तो मोहब्बत का है ये असर,

वरना कौन कम्बख्त अपना दिल जला के कहता है गजल।

रमेश - इर्साद-इर्साद गजब का शेर कहा लेकिन कौन है वो जिसने हमारे यार के दिल का साइलेंसर जलाया है, कौन है वो खुसनसीब ?

आरिफ - कुछ मत पूंछो मेरे भाई, वो अपने मैलवी हैं ना ,उन्ही की बड़ी वाली बेटी आशिमा ,उसी पे तेरा भाई जांनिसार होगया, दिल आ गया,बस उसी की मोहब्बत में दिल गिरफ्तार हो गया।

रमेश, चिढ़ाते हुए - वो बड़े नाक वाली मोटी ?

आरिफ - थी कभी मोटी, अब तो रोज-ए-आफरोज है आशिमा, स्कूटी से जब वो काॅलेज जाती है तो ऐसा लगता है हेलीकाप्टर उडा रही हो ‘‘निराश मन से’’ मेरी तो सांसे ही रूक जाती है।

रमेश - इक तरफा है या दो तरफा ?

अरिफ - अभी तो इक तरफा है, कभी दिल की बात जुंबा तक न आने दी ,सोचा काम-धंधा अच्छा चलने लगे फिर कहूं, कहीं खांम-खां बेजार मोहब्बत बदनाम न हो जाये।

रमेश - कोई बात नहीं, तुम्हारी काबिलियत पे हमे पूरा भरोसा है गालिब, हमारे शेर के शेर से घायल हिरनी की तरह कदमो पे आ गिरेगी।

आरिफ - खुदा करे ऐसा ही हो, नही तो तुम्हारा भाई उस के प्यार में फना हो जायेगा, जमाना फिर हमारी मोहब्बत के फसाने कहेगा।

रमेश - कैसी बात करता है, तुम्हारे लिए तो हम उसे खुदा के घर से भी भगा लायेंगे।

इतना कह दोनो हंसने लगे...

आरिफ- बरसों बाद मिले और मैं क्या ले के बैठ गया, रात भर का सफर कर के आये हो, घर जाओ आराम करो अभी तो ढ़ेर सारी बातें करनी है, वैसे महीने भर रूकोगे ना ?

रमेश - कह नहीं सकता लेकिन भारती की शादी तक तो रूकूंगा ही, इधर-उधर भाग दौड़ दुनिया भर के काम मुझे ही सब करना है।

आरिफ - ये नाचीज किस दिन काम आयेगा, भारती मेरी भी तो बहन है।

रमेश - यहाँ काम कौन करेगा ?

आरिफ - काम का क्या है होता रहेगा, बहन की शादी एक बार ही होनी है, धूम-धाम से करेंगे कोई कसर ना छोड़ेगे।

रमेश - सो तो है, लेकिन अपना शिवपूजन कहां है ?

आरिफ के माथे पे सिकन आ गई, बुझी आवाज में घर जाओ सब मालूम पड़ जायेगा।

रमेश , चिंतित स्वर में - क्यूं क्या हुआ सब ठीक तो है ना ?

आरिफ - हां ठीक है, तुम घर जाओं आराम करो, फिर मिलते हैं ।

***

5.

रमेश का घर क्या कोठी थी ,पुस्तैनी सैकड़ो एकड़ जमीन पिता जी विशंभर नाथ सहर के बड़े ठेकेदारों में नाम सुमारी थी ।

रमेश की माताजी निर्मला देवी रमेश के आने की राह देख रही थी, रमेश के पिता विशंभर नाथ से - ट्रेन तो सुबह ही आ गई थी इतनी देर हो गई अभी तक आया क्यूं नहीं?

विशंभर नाथ" क्या मालूम ,आ रहा होगा ,रस्ते में होगा ?

इतने में रमेश पहुँच गया, माता ,पिता दोनो के चरण स्पर्श किये।

विशंभर नाथ - सफर में कोई तकलीफ तो नहीं हुई, कब से फोन लगा रहा हूं, लग ही नहीं रहा।

रमेश - फोन स्विच आॅफ हो गया था पापा, चारों तरफ नजर दौड़ाते हुए हफ्ते बाद शादी है यहां तो सब माहौल ठंड़ा है ?

विशंभर नाथ - तू आ गया है, अब सब तुम्हें ही करना है ,मैं अकेला कहां कहां भागूं।

निर्मला देवी - बांकी बातें बाद में करना, कल का थका-मांदा रात भर का सफर।

रमेश - हां वो तो ठीक है, मेरी प्यारी बहनिय कहां है, जो बनने जा रही है दुल्हनिया।

माता जी - पता नहीं मुंह में सुबह से काला-काला गोबर जैसा क्या लगा कर बैठी है।

***

6.

रमेश,भारती के रूम का दरवाजा खट-खटाते हुए- बहना ओ मेरी प्यारी बहना तेरा भाई देख तेरे लिए क्या लाया है।

भारती खिलखिलाते हुए बाहर की तरफ दौडी- रमेश आ गया, अब तक कहां था, और कितना दुबला हो गया है खाना-वाना नहीं खाता क्या? और मेरे लिए क्या लाया है दिखा ?

रमेश - हे भगवान एक साथ कितने सवाल करेगी, पहले ये बता मुंह में ये गोबर क्यूं लगा रखा है?

भारती, नाक सिकोड़ते हुए - इसे फेस क्रीम कहते हैं, जो चेहरे में सुंदरता, निखार लाती है और कुंदन सा चेहरे को दमकाती है।

रमेश, हँसते हुए - तुमने तो पूरा विज्ञापन पढ़ दिया, बडी चमत्कारी क्रीम लगती है ऐसा है तो अपनी भैंस को भी लगायेंगे, फिर हमारी भैंस को भी लोग गोरी मैम बुलायेंगे।

भारती, चिढते हुए - तू बातें ना बना पहले ये बता मेरे लिए क्या लाया है।

रमेश - कुछ नहीं। अब तुम्हारे लिए जो भी लायेंगे हमारे होने वाले जीजा जी लायेंगे।

भारती, शरमाते हुए - रमेश तू अपनी हरकतों से बाज आजा वरना पिटाई करूगी, जोर से आवाज लगाते हुए- मम्मी समझालो अपने लाडले को।

रमेश - मेरी प्यारी बहनिया बनेगी दुल्हनिया ...हा...हा

नाराज ना होना बड़ा ही खूबसूरत सा तोहफा लाया हूं, लेकिन अभी नहीं वो शादी वाले दिन ही खोलूंगा।

भारती - तू तो ऐसे कह रहा है जैसे मेरे हांथ ही नहीं, मैं तेरा बैग खोल कर ना देख लूंगी।

रमेश,हंसते हुए - खबरदार जो तुमने मेरा बैग खोला, सरप्राइस है, सरप्राइज रहने देना।

भारती -सरप्राइज जो सस्ता हुआ तो फिर समझ लेना।

रमेश, हंसते हुए - रिश्तो की कीमत प्यार से होती है पैसे से नहीं, अब मैं चला फ्रेस होने, और हां कितना भी गोबर लगा ले ,ऐश्वर्या राय नहीं बनेगी।

***

7-

शाम का समय था रमेश गांव की तरफ निकल गया सोचा थोड़ा गांव घूम आये, साल भर हो गये, सब की कुशल छेम ले लूं।

गांव के ही कुछ फुरसत वाले लोग चिलम भरते हुए बैठे थे, मुन्ना, रमेश के साथ ही बचपन में पढ़ता था लेकिन दोनो की कभी पटरी नहीं खाती थी, रमेश आगे बढ़ गया और वो यहीं गांव में ही मार-पीट नशेड़ियों का सरदार बनके घूमता, रमेश को देखते ही दूर से आवाज लगाई - और भाई इंजीनियर साहब कब आये ?

रमेश - बस अभी-अभी।

मुन्ना- इंजीनियर बन गये ?

रमेश ने सोचा कौन इसके मुंह लगे, चुप-चाप निकल लिया जाये।

मुन्ना - फेल हो गये क्या मुह काहे छुपा रहे हो, पिता जी तो बड़ी-बड़ी ड़ीगे मारते हैं।

रमेश - तू भी मार... तेरा बड़प्पन दिख तो रहा है।

मुन्ना- जा तेरे जैसे बड़े इंजीनियर देखे हैं, आज कल तो हर कोई यही पढ़ाई करता है, तूने कौन सा तीर मार लिया।

रमेश,गरम होते हुए - तो तेरे बाप का क्या जा रहा है?

मुन्ना,तमतमाते हुए खड़ा हो जाता है- बाप पे आयेगा तो तेरी इंजीनियरी पिछवाडे घुसेड़ दूंगा।

रमेश ने आव देखा ना ताव आगे बढ़ कर मुन्ना के कान के नीचे खींच कर एक थप्पड़ जड़ देता है। मुन्ना का कान सुन्न पड़ जाता है अपने कान झटकने लगता है।

रमेश - और ...एक में ही हो जायेगा काम?

मुन्ना के साथ जो गांव के ही दो चार लफंगे बैठे थे निकल लिए ,उन्हें रमेश की आदत पता थी ,इससे बैर मोल लिया तो फिर ये छोड़ता नहीं है।

मुन्ना ने सोचा अगर कुछ बोला तो क्या पता और भी मारे रमेश की आदत से वो भी वाकिफ था।

जाते हुए - तुझे दौड़ा-दौड़ा के मारूंगा तू ठहर।

रमेश - भाग तो साले तू रहा है, दोबारा मुह लगा तो चल कर भी नहीं जायेगा।

* * *

8.

दिन ढ़लते ही घर लौटने पर रमेश क्या देखता है एक मजदूर फटे - पुराने कपड़ो में

सर पर गेंहू का बोझा लिए खड़ा था और उसकी मां निर्मला देवी उस पर चिल्ला रही थी।

रमेश, अपनी माँ निर्मला देवी से - क्या हुआ इस बेचारे पर इतना क्यूं चिल्ला रही हो ?

निर्मला देवी - सुबह से गया था, शाम को लौट रह है, कौड़ी काम का नहीं, काम से जी चुराना तो इन मजदूरों की आदत बन गई है। इनको कोई काम भी ना करना पड़े और मजदूरी पूरी चाहिए।

रमेश, उस मजदूर की तरफ देखते ही - चेहरा कुछ जाना पहचाना सा लगता है, कहीं ये अपना शिवपूजन तो नहीं,शिवपूजन तुम हो क्या?

शिवपूजन झुका हुआ कंधा, मुरझाया चेहरा, तन पे फटा चिथड़ा लपेटे, बुझी हुई आवाज में - हां रमेश मै ही हूं, कब आये ?

रमेश - वो सब छोड़ो तुम यहां क्या कर रहे हो, ये सब क्या है ?

शिवपूजन आंखो में आंसू भरते हुए- अब क्या बताऊं, जिन्दगी है, दादा के साथ घटना घट गई मुसीबतों का पहाड़ सर पे टूट पड़ा किसी और के यहां मजदूरी करने से भला अपने ही घर करता।

रमेश, शिवपूजन की तरफ जैसे ही गले मिलने को बढा, निर्मला देवी टोकते हुए- ये क्या कर रहा है इस छूत से बात करने से पेट ना भरा तो अब गले मिलेगा ?

रमेश, माँ के ऊपर अपनी त्योरियां चढाते हुए -छूत उसमें नही आपके दिमाग में है, जो इंसान को इंसान ना समझे, ये वही शिवपूजन है जिसके साथ बचपन में साथ खेला, साथ खाना भी खाया।

निर्मला देवी - तो क्या अब इसको घर में रख ले, आरती उतारे, ये हमसे ना होगा।

रमेश - आपसे कह कौन रहा, आरती उतारो, जाइये अंदर अपना काम करिये, जिसकी आंख में परदा पड़ा हो उसे कोई नहीं समझा सकता ।

निर्मला देवी अपना मुंह बनाते हुए अंदर चली गई।

बरसों बाद दो दोस्त मिले थे, रमेश ने शिवपूजन को बड़े ही आत्मीयता से गले लगा लिया।

गले लगते ही शिवपूजन की आंखे सजल हो गई।

शिवपूजन - रमेश तुम्हारी बडी याद आई, जिंदगी स्वाहा हो गई, सारे अरमान खाक में मिल गये कोई अपना नहीं था जिसे अपना दुख कह सकूं ,ये कहते हुए शिवपूजन फूट-फूट कर रोने लगा।

रमेश,शिवपूजन की पीठ थपथपाते हुए- हिम्मत रख जो दुख देता है,वही दुख दूर भी करता है, ऊपरवाले ने चाहा तो सब अच्छा ही होगा, जिन्दगी इतनी भी दुश्वार नहीं जितनी हम समझते हैं, कोई ना कोई रास्ता सुझेगा, अब साफ-साथ बता क्या हुआ?

शिवपूजन आँख पोछते हुए- दादा को गुजरे महीने भर हो गए, हम दोनो भाई बहन की परवरिस में कोई कमी ना रखे, खुद को भाड़ में झोक दिय, दिन भर कोल्हू के बैल की तरह काम करता, खाने पीने का कोई ठिकाना नहीं, दमें का शिकार हो गया, दवाई-दारू ठीक से ना हो सकी ,इतना कहते ही भावनाओं का उद्वेग अपने चरम पर पहुंच गया, चाह कर भी खुद को ना रोक पाया।

रमेश - बह जाने दो मत रोको।

शिवपूजन-अब मेरे सिवा है कौन जो सब की रोटी-पानी का इन्तजाम करें, अम्मा की तबियत ठीक नहीं रहती, घुटनो में बात की

शिकायत रहती है, चल-फिर भी नहीं सकती , फूलन भी बड़ी होगई है उसकी भी शादी का भार ।

रमेश -तुम चिन्ता मत करो, तू पढ़ने-लिखने में होशियार है, पापा से बात कर कहीं अच्छी जगह नौकरी के लिए बात करूंगा।

शिवपूजन- तुम्हारे पापा के अहसान हम पर पहले भी थे अब भी हैं, उनका सहारा ना मिला होता तो मै भी खाक में मिल जाता।

रमेश ,पीठ थपथपाते हुए- अब रो मत, अब सब अच्छा ही होगा।

शिवपूजन, आंसू पोछते हुए -क्या अच्छा होगा, हमारी किस्मत में सुख लिखा ही होता तो कहीं अच्छे कुल में ना पैदा होते, दादा अक्सर कहा करता था गरीबी एक अदत है, हम मजदूर पीढ़ी-दर पीढ़ी इसी के लिए पैदा होते हैं।

रमेश - नहीं मेरे भाई ऐसा नहीं है, गरीबी आदत नहीं बीमारी है जो समाज में फैली है और ये बीमारी पीढ़ी दर पीढ़ी चली आ रही है, हमारा समाज एक संकीर्ण विचार धारा मे बंधा हुआ है वेद, शास्त्र, धर्म ये सब बड़ी-बड़ी बातें सिर्फ कहने के लिये है उस ज्ञान को कोई अपने ऊपर नहीं उतारना चाहता, जब सुधार की बात होती है तो लोग एक दूसरे में कमी खोजने लगते हैं लेकिन स्वयं में सुधार नहीं लाना चाहते।

शिवपूजन - ये बड़ी-बड़ी बातें मेरी फेर में तो ना आये, छोड़ो बड़े दिनो बाद मिले,तुम अपनी कहो?

शिवपूजन की अंतर्वेदना देख कर रमेश का मन बड़ा ही व्यथित हो गया कुछ बोल ही ना आया, अचेत मन से ऊपर की तरफ देखते हुए - ये तुम्हारे अकेले का नहीं, पूरे समाज का दर्द है।

शिवपूजन - अब तो यही जिंदगानी है, अच्छा अब मै चलूंगा, घर में आटा नहीं है ,अम्मा राह तक रही होगी।

शिवपूजन इतना कह कर निकल गया, रमेश उसको तब तक देखता रहा जब तक वो आंख से ओझल नहीं हो गया।

* * *

9.

शिवपूजन को इस हाल में उसकी दुख-तकलीफ देख कर रमेश का हृदय संताप से भर गया, मन बडा व्यथित हो गया, उसके मन में रोष था अपने पिता के प्रति, अपने समाज के प्रति,जिसने समाज में मनुष्यों के बीच एक खाई पैदा कर दी, हम सब दिखावे के लिए इंसानियत को ढोंते हैं।

वही दो आंखे, दो पैर, दो हांथ फिर भी हम इंसान, इंसान कहलाने के काबिल नहीं पशुओं से भी निकृष्ठ हैं, कम से कम वो एक जैसे दिखते एक जैसे रहते हैं उनके पास इंसानो जैसा दिमाग नहीं फिर भी खुश रहते हैं, हम सर्वश्रेष्ठ होने का दंभ भरते हैं लेकिन हैं जानवरों से भी बदतर।

रमेश इन्ही विचारों में डूबा अंदर जाने को हुआ, विशंभर नाथ पीछे से टोकते हुए - रमेश वो कल कार्ड लेने शहर चले जाना, मुझे तो समय नहीं मिल पायेगा ।

रमेश - आप चिन्ता ना करें, मैं सब सम्भाल लूंगा, लेकिन ये आपने ठीक नहीं किया शिवपूजन से मजदूरी करवाने लगे।

विशंभर नाथ - मैने जबरदस्ती थोड़े ही रखा है, वो खुद ही काम मांगने आया था,किसी की मदद करना पाप थोड़े ही है।

रमेश - आप उसे कुछ दूसरा काम भी तो दे सकते थे, याद करिये वो दिन जब मैं दूसरी कक्षा में था, शिवपूजन के दादा हमारे यहां ही काम करता था और ये शिवपूजन स्कूल नहीं जाता, तब आपने ही उसका नाम लिखवाया था । आज भी मुझे याद है वो बात जो आपने उसके दादा से कही थी,तुम्हारा बेटा होशियार है इसका स्कूल में दाखिला करवा दो, ये एक दिन तुम्हारी आंखो की रोसनी बनेगा, तुम्हारी गरीबी को मिटायेगा, लेकिन आज आपने उसे फिर वही पहुँचा दिया, इससे अच्छा तो वो अनपढ़ रहता, अपने बाप की तरह गरीबी को किस्मत समझकर जीता कम से कम चैन से तो जीता।

विशंभर नाथ - अब तुम हमे लोक-रीत ज्ञान का पाठ पढ़ाओगे क्या करना है क्या नहीं ? तुम अपना काम करो, शादी को अब बचे ही कितने दिन हैं।

रमेश - पापा मुझमे इतना समर्थ तो नहीं कि मैं आपको ज्ञान दे सकूँ ,आपने मुझसे

ज्यादा दुनिया देखी है, आप को सब मालूम है उसके बाद भी किसी गरीब का दुख नहीं समझ सकते।

विशंभर नाथ - इंसान अपने सुख -दुख का स्वयं जिम्मेदार होता है, ना करे, जबरदस्ती थोड़े ही है?

रमेश - ये बातें आप दूसरो को पढ़ायें ।

विशंभर नाथ ,चिल्लाते हुए - जाओ -अभी जाकर कह दो ना आये कल से?

रमेश- मै यही समझता था आप बांकियो जैसे नही हो लेकिन आप उन्ही के जैसे हो।

विशंभर नाथ - आदर्श की बातें केवल कहने और सुनने में अच्छी लगती है वास्तविक जीवन में कोई मोल नहीं, चमार को घर में बैठा के खाना नहीं खिला सकता, जो परम्परा-रीति है उसी का पालन कर रहा हूं, मेरे जीते जी तो ना हो सकेगा, मेरे जाने के

बाद जो चाहे वो करना। इतना कहते हुए तमतमाते हुए अन्दर चले गये।

***

10.

शिवपूजन के घर पहुचते पहुंचते रात हो गई, शिवपूजन की मां विसतिया गड़ासे से घांस छील रही थी, एक मरियल सी गाय पाल रखी थी ,दूध तो ना देती फिर भी आस थी कि एक ना एक दिन गाभिन होगी हमारे बच्चों के लिए एक छटांक दूध तो देगी।

शिवपूजन,अँधेरे में अम्मा को घास छीलते देख - अम्मा ये तू अंधेरे में क्या कर रही है, कहीं हांथ वांथ ना काट लेना, दिन में काट लेना, कितना भी खिलाये वो मरियल मोटी ना होगी ?

विसतिया - ऐसा ना बोल मुझे तो लगता है गाभिन है।

शिवपूजन - तू नाहक ही प्राण दे रही है, हमारी किस्मत में दूध नहीं बदा है इस को इस बार किसी पठान को दे दूंगा।

विसतिया - दूध दे या ना दे जीते जी गौ हत्या ना करूंगी पशु है तो क्या ? से पाल कर इतना बड़ा किया है, खूंटे मे ही मरेगी।

शिवपूजन - ठीक है करना जो मन आये, गेहूं बचा हो तो दो चक्की से पिसवा लाऊं?

विसतिया - पिसवा लाई हूं, आज का काम हो जायेगा कल की कल देखेंगे।

शिवपूजन - चिन्ता ना कर, मोतीलाल सेठ से बात किया हूं उधार देने का बोला है।

विसतिया - तू उस कपटी के यहां से कुछ मत लाना, कल से दरवाजे पर तकाजा करने खड़ा हो जायेगा।

शिवपूजन - अम्मा बदले में उसके खेत में 2 दिन काम कर दूंगा, तब तक अपना भी अधिया वाली फसल कट जायेगी।

विसतिया - अरे का फसल कट जायेगी, सब वो दुष्ट विशंभर ढ़ेर लेगा, ये कर्जा वो कर्जा।

शिवपूजन - तो तू ही बता अम्मा का करें फिर?

विसतिया - क्या करेगा जब दऊ ही बलिहारी है ,चल हाथ मुह धो ले फूलन खाना बना रही है।

फूलन, शिवपूजन की बहन घर मे सब फूल ही कहते थे, स्कूल मे जब दाखिला करवाया तो फूल कुमारी करवा दिया, दिखने में भी फूल सी ही थी छोटे कद की गोल चेहरा खिलते हुए फूल की तरह जवानी की दहलीज मे कदम रखा ही था, किसी बड़े कुल में पैदा होती तो इस फूल की कीमत होती लेकिन

नाम के पीछे साकेत जो लिखा था यहीं से फूल मुरझा गया ।

शिवपूजन, रसोई मे जाकर फूलन के बगल में जाकर बैठ जाता है- फूलन पता है रमेश बाबू आये हैं,आज उनसे मिल के दिल को बड़ी तसल्ली हुई।

फूलन, इतना सुनते ही खिलखिला पड़ी - सच कब आये वो तो निरा परदेशी हो गये।

शिवपूजन - हां वो तो है, भारती की शादी तक तो रूकेंगे ही।

इतना कहने सुनने के बाद शिवपूजन बैठे-बैठे ही अपने ख्यालों में खो गया।

रमेश क्या कहता रोटी तो कहीं भी मिल जाती। जहां कहीं भी खून पेरता रोटी दो रोटी तो मिल ही जाती लेकिन दिल को सुकून ना मिलता। भारती स्कूल में रमेश से

एक ही दर्जा ऊपर पढ़ती थी। स्कूल गांव से कोस भर दूर था।

भारती ,रमेश ,शिवपूजन भी उनके पीछे-पीछे चलता, भारती जब चलते -चलते थक जाती तो शिवपूनज भारती का झोला अपने कंधे पे टांग लेता सब साथ में हंसते खेलते हुए जाते रमेश तो शुरू से ही बड़ा शरारती था।

भारती को चिढ़ाता दोने भाई -बहन के बीच आपस में जब नोक-झोक बढने लगती , शिवपूजन, भारती को समझाता, भारती का गुस्सा शांत करता। भारती खीजती मुह फुला लेती शिवपूजन मनाता, समझाता,भारती को कहानी सुनाता जाता जो उसके दादा रात में सुनाते थे।

बचपन की ये शरारते बड़े होने पर कब प्यार में बदल गई पता भी ना चला। शिवपूजन ऊंच-नीच का भेद भी ना कर सका, अंदर ही अंदर भारती को चाहने लगा था।

भारती को लेकर तरह-तरह के सपने सजांने लगा, उसको ये भान ही ना रहा भारती और उसका मिलन जैसे धरती और आसमान एक हो जाना।

आग और पानी का साथ होना। पत्तों को हवायें तो अच्छी लगती है पर दोनो एक साथ नहीं रह सकते, थोडी देर के लिये ही मन बहला सकते हैं।दोने के बीच एक कभी ना टूटने वाली दीवार थी समाज की बंदिशे जो शिवपूजन को भारती से प्यार करने की इजाजत नहीं देती । लेकिन दिल को कौन समझा सकता है।

वो इन सब सीमाओं से परे सोचता है। लेकिन मन तो हकीकत को समझता है ये सोचते-सोचते शिविपूजन का हृदय विषाद से भर गया।

मन ही मन खुद को कोसने लगा ईश्वर ने हमें गरीब, छूत ही बनाना था तो दिल एक सा क्यूं दिया।

गरीबो को ख्वाब देखने का हक क्यू देता है। अपने दिल को तसल्ली देते हुए ,खैर अब इन बातों को सोचने से कोई मतलब नहीं कुछ दिनों बाद भारती का ब्याह हो जायेगा वो अपने ससुराल चली जायेगी।

फूलन ,शिवपूजन को झकझोरते हुए -भैया कहां खोये हो?

शिवपूजन - कहीं नहीं कुछ पुरानी बातों को याद कर रहा था। फुलन -वो दिन भी कैसे थे हम साथ खेलते साथ पढ़ते हम भी बड़े-बड़े सपने संजोते बड़े होके ये बनेंगे वो बनेंगे।

शिवपूजन ,निराशा भरे मन से - तू तो कहती थी इस स्कूल की मास्टरनी बनेगी ?

फूलन, रोटी भी सेकती जा रही थी - हमें क्या पता था हम गरीबों के लिए सपने देखना भी गुनाह है...हमारे सपने देखने का

हक तो उपरवाला गरीब पैदा कर पहले से ही छीन लेता है।

शिवपूजन - तू इतना निराश ना हो, हम भी कभी ना कभी इन्सान बनेंगे, हम भी कभी अच्छी जिंदगी जियेंगे ।

फूलन झिडकी देते हुए -जियेंगे कैसे मजदूरी करके, कितनी बार कहा ,यहां कब तक चाकरी करेगा, दिन रात मजदूरी करों फिर भी खाने को ना पूजता है। रामकरण को ही देख लो तुम्हारी उमर से ज्यादा ना होगा, देखो शहर में जा के कैसे जम गया। चार साल हो गये उसको कमाते हुए अपना घर भी पक्का करवा लिया, उसके घरवालों का पहनना ओढ़ना देखो।

शिवपूजन - फूलन सब की जिंदगी एक जैसे नहीं होती, इस लिये तो हम इंसान हैं नहीं जानवर ना हो जाते।

फूलन चिढ़ते हुए, हम तो जानवर से भी बद्तर हैं,पता नहीं हमारा भाग्य कब बदलेगा, तू भी रामकरण के साथ सूरत काहे नहीं चला जाता ?

शिवपूजन - चला तो जाउं लेकिन तुम्हारी और अम्मा की देखभाल कौन करेगा ?

फूलन - मेरी और अम्मा की तू चिंता ना कर, हम अपना ध्यान आप रख लेंगे।

शिवपूजन, हंसते हुए - ठीक है -ठीक है मेरी मां, तू जैसा कहेगी वैसा ही करूंगा।

फूलन - ज्यादा बातें ना बना, जाना ही पड़ेगा, कहे देती हूं हां।

शिवपूजन - अब तो कमाना ही पड़ेगा तेरी शादी भी तो करनी है ,,,और तेरी शादी बडी ठाठ-बाट से किसी अच्छे घर में करनी है, सांस भरते हुए - दादा भी यही सपना लिये स्वर्ग सिधार गया, तेरी धूम-धाम से शादी

करना उसकी अंतिम इच्छा थी। जब तू अच्छे घर में ब्याही जायेगी तभी दादा की आत्मा को शान्ति मिलेगी।

फूलन - मेरी शादी की फिकर ना कर, पहले मुझे तेरी शादी करना है फिर मै सोचूंगी कि मुझे करना है कि नहीं।

इतने में बिसतिया आगई,शिवपूजन से -शादी होगी जब होनी होगी, खाना खा ले सुबह से दो रोटी खा के जाता है शाम तक कोल्हू के बैल की तरह पिसता रहता है।

***

11.

गर्मियों का समय था शिवपूजन खाना खाके अपनी खाट बाहर लगा कर लेटा था लेकिन नींद उसकी आंखो से कोषों दूर थी, चांद की तरफ टकटकी लगाये देखते हुए गुन-गुनाने लगा।

"

ऐ मेरे नासमझ दिल,,,

न कहो दुनिया से दर्द अपना ,

तुझे समझाउं कैसे,

सिमट जा तू कही खुद में,

दूर चला जा कही ज़माने से ,

घुट-घुट कर दम तोड देगीं,

ये यादें भी इक दिन,

हौसला रख खाक होगी ,

ये मोहब्बत भी इक दिन,

ऐ खुदा ले चल वहां ,

जहां कोई बंदिसे ना हो,

ये मोहब्बत ,ये चाहत ,

सिवाय और कुछ भी ना हो,

रास ना आई मुझ ये उधार की जिंदगी,

तोड़ दे साँसे ख्वाइश.ए.जिंदगी,,,,,,

ये गीत गाते - गाते दर्द की असीम वेदना में कहीं डूब गया, जहाँ सिर्फ तड़प थी ,आह थी।

पिंजड़े में कैद परिंदा शरीर को छोड़ मानो उड़ने को बेकाबू हो ,आत्मा की धिक्कार शरीर छोड़ने का निरंतर प्रयाश करती रही

,थक हार कर अपने ही खोल में फिर कही दुबक जाती है।

***

12.

अगले दिन रमेश शहर के लिए निकल रहा था ,सोचा जाते हुए आरिफ की गराज से होते हुए चला जाये , बुलेट सीधा आरिफ की गराज में रुकी ,देखा अरिफ अपने काम में मगन ,दीन-दुनिया से बेखबर फिल्मी नग्मे गा रहा था साथ ही काम भी करता जा रहा था ।

रमेश - क्या बात है रोमियों गाड़ियों से भी रोमांस कर लेते हो?

आरिफ - मोहब्बत जो की हमने साइलेंसर से,

जिंदगी कट रही कबाड़खाने में।

रमेश - वाह! साइलेंसर प्यार ।

आरिफ,मन मसोसते हुए- जिन हांथों में गुलाब का फूल होना चाहिए,साइलेंसर को जोर जोर से ठोकते हुए - कोयले में घिस रहे हैं ।

रमेश -अच्छा एक बात बता ये मौलवी साहब के बड़े पर्चे जगह-जगह लगे हैं। विधायकी का चुनाव लड़ रहे हैं क्या ?

आरिफ - ऐसा ही है लड़ने लड़वाने के सिवा उनको आता ही क्या है।

रमेश - मतलब ?

आरिफ - कल तक मुसलमानो को भडकाते थे काफिरों से दोस्ती यारी मत करो, आज वही मौलवी जी दर-दर भटक रहे हैं वोट मांगते हुए हिन्दू-मुस्लिम एकता का पाठ पढ़ाते हैं ।

रमेश - ये तो अच्छी बात है इसमें क्या बुरा है,सुधरे इंसान किसी भी बहाने सुधरे।

आरिफ - लालच इंसान को कुत्ता बना देती है, नेताओं के पीछे दुम हिलाते घूमते हैं ।

रमेश - क्या बात है तू इतना होशियार कब से हो गया?

आरिफ - सब संगत का असर है जनबा,

आदिबों के अंजुमन में जो रहता हूं ,

हर बात की खबर रखता हूं...।

रमेश - किसी दिन फुरसत से बैठकर तुम्हारे शेर सुनेगे, मियां अभी मार्केट जा रहा हूं, कार्यक्रम नजदीक है और काम बहुत है।

आरिफ - मैं भी चलूंगा, अकेले क्यूं ? साथ मिलकर करेंगे, रास्ते में तुम्हारी भाभी का का ॅलेज भी पड़ता है ,एक झलक देखते हुए चलेंगे।

रमेश - देखते हुए क्यूँ ? मिलकर चलेंगे, तुम्हारी भी जल्दी से सेटिंग हो जाये चट मंगनी पट ब्याह ,सब साथ निबटाते हुए जाउंगा।

दोनों में बात चीत का सिलसिला चल ही रहा था कुछ ही समय गुजरा होगा ,मौलवी साहब दर्जनों चमचों के साथ एक खुली गाड़ी में पार्टी का झंड़ा और पर्चा बांटते वहीँ से गुजर रहे थे,

रमेश को देखते ही आरिफ की दुकान की तरफ आ गये।

मौलवी जी, रमेश की ओर लपकते हुए - और बेटा कब आये, खैर जो भी हो बहोत सही समय पर आये हो।

रमेश - अच्छा लगा अपका पोस्टर देख कर, पोस्टर की तरफ इशारा करते हुए - आज MLA क्या पता कल मंत्री, क्यूं आरिफ ?

मौलवी जी- हां ,हां क्यूं नही तुम्हीं लोग, युवा लोग देश के भविष्य हो जो चाहे वो बना दों।

आरिफ ,धीमे स्वर में- फिलहाल जो लगता है आप का पंचर बना दूं।

मौलवी जी - क्या कहा फिर से कहो ?

आरिफ - कुछ नहीं यही कि फिलहाल गाड़ी का पंचर बना दूं।

मौलवी जी -तुम्हारे दिन भी फिरने वाले हैं, बस एक बार चुनाव जीत जाऊं ,तुम्हारे लिए एक बड़ा सा मोटर गराज , बस भिड़ जाओ

चुनाव ज्यादा दिन नहीं बचे । झंडा बढ़ाते हुऐ - लो थामो झंड़ा और चलो मेरे साथ ?

रमेश, चमचों की तरफ इशारा करते हुऐ- आपके साथ तो बड़े सिकंदर हैं, जीत पक्की।

आरिफ -नाराये तकबीर,,,आपके दिन फिर जाए, अल्ला आपको जन्नत अता करे, आमीन।

मौलवी जी - मतलब अल्ला को प्यारा हो जाऊं ? तू बहुत टेढ़ी बात करता है।

रमेश की तरफ देख कर हँसते हुऐ -बहुत बदमाश है ।

इतना सुनते ही रमेश की हंसी निकल गई अपना मुह पीछे छिपाते हुए मौलवी साहब बगले झांकने लगे।

मौलवी जी ,आरिफ की तरफ देख कर चेहरे में मुस्कान लाते हुए- कोई बात नहीं ये तो अपना ही लड़का है।

रमेश - ये बात तो है ये तो अब आपका ही है आप की सारी समश्यायें दूर कर देगा, बस आप इसका निकाह करवा दें?

मौलवी जी - ये कोई कहने की बात है, जिससे कहेगा उससे करवा दूंगा लेकिन तुम लोग थोड़ा ध्यान दो ?

आरिफ - बाद में मुकरियेगा नहीं।

मौलवी - कैसी बात करता है, मैने कभी झूंठ बोला ? अच्छा बेटा चलूंगा अब तो मिलना होता रहेगा।

मौलवी जी इतना कह कर वहां से निकल गये, आरिफ ने अपनी दुकान का सटर गिराया - चल भाई अब चलते हैं, फालतू में समय खराब किया । हंसते हुए -मौलवी जी तो इस समय कुत्ते को भी सलाम ठोंकते हैं मुझे ही वोट देना।

***

13.

आरिफ और रमेश अपनी मंजिल की ओर चल पड़े, गाड़ी में चलते-चलते आपस में बातें भी करते जा रहे थे।

रमेश, आरिफ से - तुम्हें तो खुश होना चाहिए मौलवी जीत जायें, आखिर मौलवी तुम्हारा होने वाला ससुर जो है।

आरिफ - खुदा ना करें ऐसा हो, पेट में दाढ़ी है मौलवी के, अभी इंसान को इंसान नही समझते हैं, जीत गया मौलवी अगर गलती से भी तो... समझो दिल के अरमा आंसुओ में बह गये। हंसते हुए- कुछ सियप्पा भिड़ा, मौलवी साहब की लुटिया कैसे डुबे ?

रमेश- एक काम करते हैं, अभी पर्चा भरने की तारिख तो बची हैं ना ? क्यूं ना तेरे

अब्बू को खड़ा करवा दिया जाये, भेड़ियों की जंग में गाय बाजी मार ले जाये ?

आरिफ,की हंसी छूट गई -क्या बात करते हो ? विधायकी का चुनाव है ,कोई मज़ाक थोड़े ,वैसे भी ...बिना पार्टी उम्मीद्वार को कौन वोट देगा और पैसा कहां से आयेगा, ये सब अपने बस की बात नहीं।

रमेश - मैने अगर कहा है तो कुछ सोच कर ही कहा है, ट्रस्ट आन मी, आई विल मैनेज, रही बात वोट की हिन्दू ,मुस्लमान सभी वोट देंगे, शंभू सिंह को कोई वोट देने से रहे, इन दोनो दुष्टों को कोई वोट देना नहीं चाहेगा।

आरिफ - बात तो ठीक ही कह रहे हो, मगर इतने पैसे कहाँ हैं चुनाव के लिए, यहां तो अपना ही गुजारा मुस्किल है ?

रमेश - चिन्ता मत कर नामांकन और पर्चे की छपाई का जो खर्चा आयेगा सब मैं संभाल लूंगा।

आरिफ - भाई खाम खा मेरी मोहब्बत कुर्बान हो जायेगी, मैं अपनी मोहब्बत को कुर्बान न करूंगा।

रमेश - गालिब मियां घी तो वैसे भी सीधी उंगली से नहीं निकलने वाला।

आरिफ - तुम समझ नहीं रहे हो अब्बू अगर खिलाफ हुए तो, ये सैतान किसी भी सूरते हाल आशिमा का निकाह मेरे साथ नही करेगा।

रमेश - आशिमा से निकाह करना है तो तुम्हें उनकी बराबरी तक पहुंचना तो पड़ेगा, कमजोर के साथ कोई नहीं चलता, पैसा और पावर हो तो दुश्मन भी सलाम ठोकते हैं ।

आरिफ - भाई तू जहां चाहे वहां पहुँचा दे, बस आशिमा को मेरी बना दे, गाड़ी रोकते हुए - तेरी भाभी का का ॉलेज आ गया, गाड़ी कालेज के बाहर किनारे में लगा के खड़ी कर दी।

***

14.

रमेश,कालेज का मुआयना करते हुए - चलो आज लड़के वालों की तरफ से , मैं बात पक्की कर देता हूं। जैसे ही आगे बढ़ता ,आरिफ पीछे की ओर खिसकने लगता है, रमेश - तेरे पैर पीछे क्यूं जा रहे हैं, मर्द हो हिम्मत दिखाओ ?

आरिफ - वो बात नहीं है ,मेरी हिम्मत ना हुई कभी बात करने की, मैं ना, दूर से देख कर ही पेट भर लेता हूं, तुम पहले जाकर माहौल ले लो, वो देखो पेड़ के नीचे आशिमा और भी कई तितलियाँ बैठी हैं।

रमेश,आरिफ का हाँथ पकड़ कर खींचते हुए - सच में तब तो समझो मियां सारा मामला हम सलटा देंगे, चलो तो सही बताता हूं।

आरिफ - चलों कहते हो तो मुझे हलाल ना करवा दियो। जैसे ही कालेज के अंदर घुसे ,भारती,अपने क्लास रूम से बाहर निकलती है ,उसकी नज़र रमेश और आरिफ पर पड़ी, आवाज देते हुए- अरे तू यहाँ क्या कर रहा है और ये आरिफ ?

आरिफ -मै कोई सलमान खान थोड़े ही हूँ, कूल डाउन बहना , मैं भी पढ़ने ही आया हूँ , आशिमा की तरफ नजर करते हुए लेकिन अब तक एड्मिसन नहीं मिला चक्कर काट काट के थक गया।

भारती - मार-पीट की तो बताये दे रही हूं।

रमेश - अरे मेरी मां चुप हो जा कोई मार-पीट करने नहीं आये , सोचा तुम्हारा का ॅलेज देखता चलूं,यहाँ मेरे भी कई दोस्त पढ़ते हैं।

भारती को देख कर आशिमा भी आ जाती है "कैसी हो भारती शादी हो रही है और तुमने बताया नहीं ?

आरिफ -हम भी नहीं बुलाएँगे ,चुप चाप ही कर लेंगे।

आशिमा ,चौकते हुए -क्या कहा,फिर से कहो?

रमेश, बात को सँभालते हुए -ऐसे ही ये तो कुछ भी कह देता है ,पागल आदमी तुम्हें ही कह दे मुझसे कर लो शादी ?

आशिमा, बात को टालते हुए -अच्छा तुम कब कर रहे हो शादी ?

रमेश, हंसते हुए - शादी का क्या तुम जब कहो बारात लेआए , हां ये अलग बात है मौलवी जी बारातियों का स्वगत फूल माला की जगह डंड़ों से करेंगे।

इतना सुनते ही सभी के चेहरो में मुस्कान बिखर गई।

भारती - तू ना सुधरेगा कभी, शहर में लगता है इसी की पढ़ाई करता है ,मम्मी ठीक ही कहती है ,तू पहले से भी ज्यादा बिगड़ गया।

रमेश - मैं क्या अपनी भाभी से मजाक नहीं कर सकता ?

सब के चेहरे फक पड़ गये ये क्या बोल दिया ।

आरिफ ने सोचा यही मौका है बिना समय गवाएं -मेरी तरफ से तू खूब मजाक कर , नो प्रॉब्लम ।

आशिमा ,आंखे तरेरते हुए -ये क्या मजाक है ?

रमेश बात बनाते हुए -हां भाभी ही कहा है इसमें हैरानी की क्या बात ,तुम्हारी जिससे

शादी होगी उसे भाई बना लूंगा तो भाभी हुई ना?

आशिमा - जी हम बेबकूफ नहीं हैं, हमें आपकी सारी बाते समझ आती है ।

रमेश बीच में ही बात को रोकते हुए भारती को अकेले बात करने का इशारा किया।

आंख मार कर आरिफ को इशारा किया कि अब तू मामला संभाल लेना ।

अब वहां पर आशिमा और आरिफ बस दो ही बचे आरिफ बोलने की कोशिस करता है लेकिन बोल नहीं पाता हकलाने लगता है।

आशिमा - कुछ कहना है?

आरिफ- वो मैं क्या कह रहा था, आपके अब्बू का चुनाव प्रचार बहोत अच्छा चल रहा है, पक्का वही जीतेंगे आप फिकर ना करें।

आशिमा, हंसते हुए- मुझे क्या करना है उनके चुनाव से और जनाब आपको किसने कहा कि मैं बड़ी फिकर में हूं ?

आरिफ - आप को हो या ना हो मुझे तो बड़ी फिकर है, मै आपके अब्बू का पर्चा साथ में लेकर घूमता हूं जो भी मिलता है सभी से कहता हूं, वोट मौलवी साहब को ही देना जब तक वो चुनाव ना जीत जाएं मुझे चैन ना आयेगा।

आशिमा ,अपनी कनखियाँ उमड़ते हुए - अच्छा ,आप कालेज के ईर्द- गीर्द चक्कर जो लगाते हैं, यूं ही नही लगाते।

आरिफ - ये तो खुदा की मेहर है ,मुझे कहना भी नहीं पड़ा ,आपने मेरा हाले दिल पढ़ लिया ।

आशिमा, गुस्से से- ज्यादा होसियार बनने की कोशिस ना करो, अब्बू को पता चलेगा तो तुम्हारी अकल ठिकाने लगा देंगे।

आरिफ - मेरी मोहब्बत को जामाने की फिकर नहीं,

बस एक बार हां कह दो मुझे तो मौत से भी ड़र नहीं।

आशिमा - ये अपनी दो कौड़ी का शेर कहीं और जा के आजमाइये, मुझ पर असर नहीं होगा ,अपनी सकल आइने में देखते हो कभी, बड़ा आया मौत को गले लगाने वाला आवारा कहीं का। कह कर वहाँ से जाने लगती है।

आरिफ - बेसक मैं हूं आवारा, आशिमा बेग माथे से लगा लो तो बन जाउं सितारा ।

आशिमा,पीछे मुड़कर झल्लाते हुए - दफा हो जाओ यहाँ से इतना सुनते ही ,भारती और रमेश भी आ जाते हैं और आस-पास के लोग भी आवाज सुनकर इकठ्ठा हो जाते हैं ।

रमेश - क्या हुआ आशिमा, क्या गजब ढ़ा दिया इस नालायक ने, कहीं शेरो सायरी तो नहीं सुना दी ?

आशिमा - आप के दोस्त को आशिकी का भूत सवार है, कहीं अच्छे से अस्पताल में इनके दिमाग का इलाज कराइये ?

रमेश, आरिफ की तरफ इशारा करते हुए - चल भाई तूने तो सब गुड़ गोबर कर दिया।

आरिफ जाते जाते पीछे से- आप ने आइने का जिक्र किया था, उसका भी जवाब सुन लीजिए"

जब भी आइना देखता हूं मेरे दिल की सीरत में बसी आप की सूरत मेरे चेहरे पे नजर आती है"

रमेश, आरिफ को खीच कर ले जाते हुए - आशिमा तुम इसकी बातों का बुरा मत

मानना शेरो शायरी में अभी कच्चा है सीख रहा है लेकिन एक दिन बहुत अच्छा शायर बनेगा।

दोनो वहां से चले आते हैं गाड़ी के पास पहुंच कर रमेश - आज ही गालिब बनना था थोड़ा सबर से काम लेना था, प्यार मोहब्बत का मामला है बात धीरे-धीरे बढ़ती है।

आरिफ - उसने खुद ही कहा उसे सब पता है फिर मैने भी सोचा जब उसे सब कुछ पता चल ही गया तो अपने दिल की बात कह ही डालूं।

रमेश, गाड़ी को जैसे ही चालू किया एक हट्टा कट्टा शरीर वाला लौंडा दूर से रूकने के लिए आवाज लगाता है रमेश उसे देख कर - अरे आरिफ ये सर्वेस यहां क्या कर रहा है ?

आरिफ - ये लफंगा शंभू सिंह का लौंडा...यहीं पढ़ता है ,दो-चार चमचे साथ लेकर घूमता

रहता है, अपने आप को बहुत बड़ा गुंड़ा समझता है।

सर्वेस पास आकर-और भाई रमेश बड़े दिन बाद दिखे और इस पंचर बनाने वाले के साथ क्या कर रहे हो ?

आरिफ, गैज खाते हुए सर्वेस की तरफ बढ़ा रमेश ने बीच में ही रोकते हुए।

सर्वेस की तरफ मुखातिब होते हुए - कुत्ते की पूंछ टेढ़ी की टेढ़ी ही रहती है ,कभी सीधी नहीं होती।

सर्वेस, तमतमाते हए - पहले वाला सर्वेस मत समझ लेना , यहां मेरा सिक्का चलता है, सर्वेस सिंह का,शेर हूं शिकार करता हूं।

रमेश - ना तू शेर है ,ना ही शिकारी, पहले भी अनाड़ी था ,और अब भी अनाड़ी है ।

सर्वेस - ये तो वक्त ही बतायेगा कि कौन खिलाड़ी है कौन अनाड़ी ।

आरिफ, तपाक से उचटते हुए - वक्त पे फैसला तो कायर किया करते हैं हम तो वो बाजीगर हैं जो वक्त से पहले ही फैसला कर लिया करते हैं ।

आरिफ और सर्वेस एक दूसरे का का◌ॅलर पकड लेते हैं,इतने में सर्वेश के कुछ लफंडे आरिफ की तरफ आगे बढे, आरिफ- आज तेरी सारी चर्बी उतार दूंगा। सर्वेस आज तुझे ऐसा पंचर करूंगा ,,, एक दूसरे पर मुक्के की बारिष करें इससे पहले ही रमेश बीच में आकर पकड़ लेता है।

रमेश ,सर्वेस को समझाते हुए- ठीक है तू जैसे कहे वही सही इस बात का फैसला वक्त पर ही छोड़ता हूं।

सर्वेस ,कुटिल मुस्कान के साथ -अभी तो बड़ी-बड़ी बातें कर रहा था ,फट के आगई ना हांथ में।

रमेश, आरिफ को पकड़ कर अपने साथ लेजाने लगा, आस-पास कॉलेज के और छात्रों ने घेर लिया , रमेश ने वहां से बिना कुछ किये निकलना ही बेहतर समझा। अपनी गाड़ी में बैठ कर दोनों वहाँ से चलने को हुए रमेश, आरिफ को समझाते हुए - तू भी जहां देखो वहीं शुरू हो जाता है।

पीछे से सर्वेस दंभ भरते हुए - मैदान छोड़ कर भागना मत, इस बार शिकार मैं ही करूंगा।

रमेश - इक बार फिर सोच ले, शिकारी भी कभी कभी शिकार हो जाता है।

सर्वेस - खुली चनौती है, मैदान में तो आ ?

रमेश - मैं तो मैदान में ही हूं ...अब तू छोड़ने की तैयारी करले, चल भाई गाड़ी स्टार्ट कर।

ये कह कर आरिफ और रमेश वहां से चले जाते हैं।

***

15.

रस्ते में रमेश, आरिफ से -करने कुछ और आये थे हो कुछ और गया, बेवजह ही दुश्मनी मोल लेली, शेरो-शायरी में जरा कन्ट्रोल रखा कर जेनिटिकली डिफेक्टेड आइटम है, क्या पता कट्टा रखा हो वहीं पर ठोंक देता तो ?

अरिफ - समुच कट्टा साले की ,गा*** में।

रमेश, गंभीर मुद्र में - मामला थोड़ा पेंचीदा है, पहले तो भीगी बिल्ली था अब ये खुल्ला सांड़ है... अब से सर्तक रहना होगा ।

आरिफ -लगता है सहर जा कर तू डरपोक होगया ...मर्द बन मेरी तरह , देखा नहीं कैसे भिड़ गया तू नहीं पकड़ता तो फिर ...अपनी मुंड़ी पीछे घुमाते हुए ।

रमेश- आगे देख नहीं गाड़ी ठोक जाएगी ...फेंकू साला , दिमाग से मारना होगा एक तीर से कई शिकार अब तू देखना ?

आरिफ - इंजीनरिंग में तीर चलना सिखाते हैं क्या ?

रमेश- कुछ ऐसा ही समझो ...चमत्कारिक तीर तुम्हारे अब्बू?

आरिफ - फिर से एक नई पहेली ।

रमेश - जनाब मौका है इस चुनाव में मौलवी और शंभू सिह दोनो भेड़ियों को एक ही कढ़ाई में डालकर मजहब का तड़का लगा देंगे।

आरिफ, मुंह बनाते हुए - भाई मेरी मोहब्बत का क्या?

रमेश - अभी तक तो तुम्हारी मोहब्बत बंजर थी अब आबाद होगी, आगें देखिए नहीं गाड़ी घुस जाएगी ।

***

16.

व्यस्त तंग गलियों से होते हुए आरिफ गाड़ी ले जाने लगा रमेश ...इधर कहाँ ... आरिफ -अरे चल तो सही जैसा कहूंगा वैसा करना बस अपना दिमाग मत लगाना, अच्छा ये बता कितनी माल पटाई या ऐसे ही रूखा सूखा ?

रमेश - छी कैसी गंदी बातें करता है, कुछ अच्छा काम किया कर।

आरिफ - जवानी मे यही तो काम की बात है, यूं ही कहीं बीत न जाये ये प्यासी जवानी अब नहीं तो कब करेंगे मनमानी बोलो ?

रमेश - सबर कर,सबर का फल गुलाबी-गुलाबी गाल रसीले होंठ सहद की रानी और कहूं ....

आरिफ- आशिमा की बात कर रहा है ?

गाड़ी एक दुकान के सामने ले जाकर रोक दी।

रमेश - और किसकी... यहां क्यों रोक दी।

आरिफ- जो कहा उसकी भरपाई करने तो आता हूं, बस यूँ समझ ट्रयल ले रहा हूं।

रमेश, दुकान में लगे बोर्ड की तरफ देखते हुए "भाभी जी की दुकान...यहां सब सामान मिलता है "

आरिफ- यही तो सस्पेंस है, आंख दबाते हुए -सब मतलब सब, अंदर चलो बताता हूं।

* * *

17.

रमेश वहीं खड़ा रहता है, आरिफ गाड़ी से उतर कर अंदर जाने लगा, दुकान के गेट पर रूक जाता है, रमेश को अंदर आने का इशारा करता है।

रमेश - तू जा ले मजे मैं यहीं ठीक हूँ ।

आरिफ- आजा बेटा कोई गलत काम थोड़े ही है ?

इतने में अंदर से एक कमसिन 35 साल की महिला रेड़ साड़ी डीप नेक ब्लाउज चेहरे पर पाउड़र पुता सुर्ख लाल लिपस्टिक लगाये गेट के पास आते हुए- आओ न राजा होटों को दबाते हुए-दिल के मरीजो का ये दवाखाना है।

दुकान में सभी तरह के महिलाओं के श्रृंगार का सामान अंतर् वस्त्र से सजी थीं, आरिफ और दुकान वाली चमेली आपस में बातें करने लगे।

आरिफ-आज पैसे तो नहीं हैं, रेगुलर कस्टमर को कुछ तो डिस्काउंट दो?

चमेली - ये सरकारी अस्पताल थो ड़े ही है राजा ! बिना दाम के काम ना होगा।

रमेश दुकान का मुआयना करते हुए - तो ये बात है, मैने तो कुछ और ही समझ लिया था।

चमेली ,रमेश के पास आकर शर्ट पकड़ कर खींचते हुए-मालदार आदमी लगते हो चलो अंदर तुम्हारी कमर और जेब दोनो ढ़ीली करती हूं।

रमेश खुद को छुड़ाते हुए दूर जा के खड़ा हो जाता है। आरिफ की तरफ इशारा करते हुए-तू चल रहा है या मैं जाउं ?

आरिफ - बस 10 मिनट की बात यों अंदर गया और फ्लस मार के आया, चमेली की तरफ इशारा करते हुए - अब मान भी जा ?

चमेली - राजा पैसों की लौंडिया हूं तेरी नहीं ,माल देगा तो ही" मुस्कुराते हुए- रेट भी मैने बढ़ा दिया है ।

रमेश की तरफ इशारा करते हुए ये- चिकना मुझे जंच गया... इसको डिस्काउंट दूंगी।

रमेश चिढ़ते हुए - भाड़ में जाये तेरा डिस्काउंट । कहते हुए बाहर आ गया पीछे-पीछे आरिफ भी जैसे ही गाड़ी स्टार्ट करने लगा... चमेली,रमेश को आवाज देते हुए - जो यहाँ एक बार आता है ,बार बार आता है ,चमेली चीज ही कुछ ऐसी है राजा! अपने होंठो को चबाते हुए -फ्लाइंग किस लेते जाओ मुफत है।

रमेश अपना मुँह बनाते हुए गाड़ी का किक जोर से मरते हुए ,स्टार्ट कर चल देता है ,आरिफ भी पीछे पीछे दौड़ा-राजा मुझे छोड़

के ऐसे न जा । किसी कदर गिरते पड़ते गाड़ी के पीछे बैठ पाया।

***

18.

आरिफ चलते चलते- तुझसे मेरी खुशी देखी नहीं जाती।

रमेश- दिन भर नौटंकी मत किया कर, अभी बहोत काम निपटाना है, पहले शादी का कार्ड ले लें।गाड़ी सीधा प्रिंटिंग प्रेस वाले की दुकान पे जाकर रुकी,शादी का कार्ड देख कर आरिफ बड़ा खुश होता है,-मुझे ये डिजाइन बहोत अच्छी लगी, मैं भी ऐसा ही कार्ड छपवाउंगा।

रमेश - हां हां छपवायेंगे शादी तो फिट हो जाये। अभी तो ना तेरी दुल्हनिया राजी ना तेरा ससुर बड़े पापड़ बेलने पडेंगे।

शादी के कार्ड और बांकी जरूरी काम निबटाते निबटाते शाम होगई, दोनो घर लौटने लगते हैं।

लौटते वक़्त रमेश मजाकिया लहजे में - बड़ा कड़ा वाला प्यार है, इस चंपा चमेली से।

आरिफ -यहां भडास निकालने आता हूं।

दोनो ठहाका लगाते हुए हंसने लगते हैं।

रमेश, गंभीर होते हुए-कल ही तेरे अब्बू का पर्चा भरवाते हैं, देखते हैं ऊंट किस करवट बैठता है।

***

19.

दोनों बात करते-करते आरिफ के अब्बू की दुकान पे जा पहुंचते हैं ।

रमेश -चाचा छोडो ये सलवार कमीज सिल लिया जितना सिलना था, अब तो अचकन लगा के घूमने का समय आ गया है।

बेग साहब - कुछ समझा नहीं ?

रमेश -आप को चुनाव लड़ना है कल उसका पर्चा भरने चलना है तैयार रहियेगा।

बेग साहब के मुरझाये चेहरे पे मुस्कान बिखर गई - क्या बात कर रहे हो बेटा ?

रमेश - जिन्दगी है कब किसको कहां किस मोड़ पे ले जाये क्या पता, बस ये समझ लो दुख के दिन अब लगने वाले हैं ।

बेग साहब की हँसी ही नहीं बंद हो रही थी उन्हें लगा बच्चें हैं ,मज़ाक कर रहे हैं - मौलवी साहब से मार पड़वाओगे।

रमेश- मौलवी की चिन्ता आप छोड़ दीजिए जो भी होगा हम मैनेज कर लेंगे,तो बस सिर्फ एक

बढ़िया सा चोला और चोंगा पहन कर खडे हो जायेंगे, वोट आप को ही मिलेगा।

आरिफ अपने अब्बू के कंधे पर हांथ रखते हुए- मेरे प्यारे अब्बाजान ये मजाक नहीं है,समझ लो खुदा की यही मर्जी है जो भी होगा देखा जायेगा।

बेग सहाब ,भोले भाले इंसान दीन-दुनिया से बेखबर ,उन्होंने सोचा ये नए ज़माने के लड़के हैं पढ़े लिखे जो भी कह रहे होगे ठीक ही होगा - जैसा तुम लोगो को सही लगे, मैं तो यही कहूंगा ये तुम लोगो का लडकपन है, तुम लोगों को अभी इन चीजों की समझ नहीं है।

रमेश- चाचा जिन्दगी में अनुभव उमर गुजारने से नहीं सिखने से आता है और मैने पढ़ाई और

लड़ाई दोनो की है।

बेग साहब - फिर भी मौलवी जी और शंभू सिंह से दुश्मनी मोल लेना ठीक नहीं होगा।

रमेश - आप को क्या लगता है मौलवी जी को हिन्दुओं के वोट मिलेंगे, और शंभू सिंह को मुसलमानों का वोट?

बेग साहब - हां ये बात तो है।

रमेश -और आपको हिन्दुओं के और मुसलमानों के भी मानते हो कि नही ?

बेग साहब के चेहरे में तसल्ली के भाव आये- हां ये बात तो है, हमारे लिए तो सब बराबर है हम इन्सान पहले हैं बांकी चीजे बाद में, हमारा किसी से बैर नहीं हिन्दू मिले तो राम-राम, मुसलमान को सलाम ।

रमेश -बस तो फिर क्या आप को यहीं तो करना है बांकी चीजे हम पर छोड़ दीजिए।

बेग सहाब -लेकिन मुझे जानता कौन है ,इतने बड़े क्षेत्र में ?

रमेश -नहीं जानते तो जान जायेंगे।

***

20.

रात बाहर बरामदे में विशंभर नाथ और निर्मला देवी आपस में बातें कर रहे थे-

चलो बेटी की शादी हो जाये समझो चारो धाम हो गये, एक बाप के लिए बेटी की शादी से बढ़ कर कोई काम नही होता, भारती की हो जाये फुरसत हो जाऊं।

निर्मला देवी- काहे बेटे का ब्याह नहीं करना ?

विशंभर नाथ - कौन सा बारात घर आनी है।

निर्मला देवी- लड़का हो या लडकी आज कल तो सब में उतना ही टीम-टाम करना पड़ता है।

विशंभर नाथ- क्या टीम-टाम, सिर पे साफा बांध कर पहुँच जायेंगे समधी बन कर, बारातियों को भूसे की तरह भर देंगे, बड़े ही सादे ढंग से करना है ज्यादा दिखावा, हवा-हवाई, शो बाजी दुनिया भर खैरात नहीं बांटना।

निर्मला देवी- कोई लड़की देख रखी है या मन में ही लड्डू फोड़े जा रहे हो ?

विशंभर नाथ, गंभीर मुद्रा में- लड़की तो है जान में लेकिन बात जम जाये तो कहो।

निर्मला देवी, उत्सुकता से - कौन है, क्या करती है, एक साथ कई सवाल कर ड़ाले।

विशंभर नाथ - अपने पुराने परिचित हैं नारायण सिंह शहर के जाने-माने वकील हैं,

फौजदारी के सबसे बडे वकील समझ लो वही हैं , उनकी जिरह सुनकर तो जज भी घुटने टेक देता है।

निर्मला देवी - लड़की क्या करती है ये तो बताओ ?

विशंभर नाथ- लड़की अपने रमेश से बस चार-छः महीने की आगे-पीछे की होगी, हाल ही में केस के सिलसिले में जाना हुआ था, जिरह के समय तो धड़ा-धड़ ऐसा बोलते हैं कि विपक्षी वकील की घिग्घी बंध जाती है... लेकिन व्यक्तिगत रूप से बडे ही सज्जन, नर्म स्वभाव के हैं।

निर्मला देवी - दुनिया भर का भाषण दे दिया लड़की क्या करती है ये बताओ ?

विशंभर नाथ- सबर करो बता रहा हूं ,रूपा नाम है यथा नाम तथा गुण, बड़ी ही सुन्दर सुशील मालुम पड़ती थी लेकिन ये रिश्ता आसान नहीं है,कहां वो कहां हम।

निर्मला देवी - सब कुछ धन-दौलत रूपया - पैसा थोड़े ही होता है।

विशंभर नाथ - करोड़पति आदमी हैं ऊपर से बेटी डाक्टरी भी कर रही है।

निर्मला देवी - हामारा रमेश भी कम थोडे ही ना है, लाखो में एक है, अब तो पढ़ाई भी पूरी कर ली, नौकरी तो फट से मिल ही जायेगी।

विशंभर नाथ खीजते हुए- नौकरी तो ढ़ोर भी करता है नौकरी-नौकरी में अंतर होता है, उनको हीरा चाहिए, हमारे जैसो लोग तो उनके दरबान में दिन भर बैठे रहते हैं।

निर्मला देवी- बैठे रहते होंगे लेकिन हमारा रमेश भी कोई छोटी-मोटी नौकरी थोड़े ही करेगा, किसी बडे महकमें में अफसर बनेगा।

विशंभर नाथ -अपनी औलाद तो सब को सोना ही लगती है, लकिन सोने की कीमत जौहरी ही जानता है और वो किसी जौहरी से

कम नहीं, इसलिए मैने सोचा है...रमेश को ही शादी का निमंत्रण देने उनके घर भेजूं , देख परख लेंगे, वो भी लडकी देख लेगा, क्या पता रमेश पसंद आजाये, बातचीत में निपुण तो है ही दिखने मे भी ... चुटकी लेते हुए - बिल्कुल मुझ पर ही गया है... इतना कहते ही उनके मुंह से हंसी फूट पड़ी।

निर्मला देवी, मुंह बनाते हुए - हां हां तुम तो बहुतै सुन्दर हो, कौवा भी शरमा जाए तुम्हारी सुन्दरता देख कर।

विशंभर नाथ - जलो मत जवानी में मेरे ठाठ ही कुछ और थे, रमेश भी कुछ नहीं है, मैं वो क्या कहते हैं अंग्रेजी में हैंडसम, स्मार्ट लड़का था ।

दोनो की नोक-झोंक चल ही रही थी कि रमेश और आरिफ आ गये

,रमेश - कौन है मुझसे ज्यादा हैंडसम और स्मार्ट मै भी तो जानूं ?

निर्मला देवी- और कौन ...बूढ़ी घोड़ी लाल लगाम,कहते हैं एक और शादी करूँगा...बुढ़ापे में भी दिल्लगी करने का मन करता है।

रमेश - कौन बूढ़ा, बूढ़े हमारे दुश्मन, पापा आप तो अब भी जवान और हैंण्डसम हो, बाल काले कर लें, थोडा बन-सवर जायें, जीन्स-वींस पहना कर फोटो शादी डॉट काम में डाल दूँ फिर देखो कल से रिस्ता आना सुरु।

इतने में आरिफ बोल पड़ा - दिल बहलाने का ये ख्याल अच्छा है गालिब, तारीफ करो झूंठी ही सही, हां चाचा जी आपसे हैण्डसम लौड़ा तो मोहल्ले भर में नहीं हैं बस करूं या और आंगे कुछ तारीफ में कहूं ?

विशंभर नाथ अपनी त्यौरियां चढ़ाते हुए- तुम्हारी जुबान ही काली है ,जब भी बोलोगे उटपटांग ही बोलोगे।

निर्मला देवी -ठीक ही तो कहा, कौए को कौए ही कहेगा।

विशंभर नाथ - चलो छोंड़ो इन बातों में क्या रखा है जो सामान लिखाया था वो सब आ गया,

कार्ड तो दिखाओ देखूं तो कैसा छपा है, उसकी दुकान में जो कार्ड सबसे मंहगा था वही छपवाने के लिए दिया था।

विशंभर नाथ कार्ड देखते हुए- अच्छा है, अब एक काम करना, कल से ही भिड़ जाओ, सभी रिश्तेदारों के यहां बांटना शुरू कर दो, अब दिन ही कितने बचे ।

रमेश - सब हो जायेगा आप फिकर ना करें...पापा , आरिफ के अब्बू चुनाव लड़ रहे हैं, आपको क्या लगता है ?

विशंभर नाथ इतना सुनते ही - तुम यहां बहन की शादी करवाने आये हो कि नेतागीरी

करने, खुराफात के अलावा तुम्हें कुछ नही सूझता, शादी करवाओ और चुप-चाप कहीं अच्छी सी नौकरी देखो, यहां रहोगे तो यही सब करोगे, लड़कपन जितना करना था कर लिया, अब काम धंधे में लग जाओं, जिसको जहां लड़ना है लड़ता रहे।

रमेश - आप तो हर समय बस अपना फायदा ही देखते हैं।

विशंभर नाथ - हां देखता हूं, बेटा गलत राह पर जाये तो पिता का कर्तव्य है कि उसे सही राह पर ले आये।

रमेश - आप समझ नहीं रहे हैं मुझे पता है क्या सही है क्या गलत, अपने साथ-साथ समाज का भी तो ख्याल करना है।

विशंभर नाथ, बिफरते हुए - हां समाज के एक तुम्ही ठेकेदार बचे हो जो समाज हित में सोचते हो जो जीतेगा वो भी समाज का

काम करेगा, सिर्फ तुम्हीं को समाज की फिकर नहीं।

रमेश - तो आपको क्या लगता है, शंभू सिह और मौलवी जी और जो छुट भैये लड़ रहे हैं ,ये समाज का विकास करेंगे, एक गंदी मछली सारे तालाब को गंदा कर देती है, अब तक तो किसी ने हमारे क्षेत्र का विकाश न किया,किसी ना किसी को तो आगे आना ही पड़ेगा जो सबका हित सोचे सब केलिए काम करे।

विशंभर नाथ- वो जमाना रवाना हो गया, जब इंकलाब जिंदाबाद कहने से नेताओं के पीछे पीछे जनता भागती थी, अब जनता नोटों के पीछे पीछे भागती है ,पैसा खर्च करो चुनाव जीतो।

रमेश - आप तो ईमानदार हैं ना जो वोट देने के लिए पैसा नहीं लेते ऐसे ही और भी लोग होंगे ?

विशंभर नाथ - जाओ जो करना है करो... दिमाग मत चाटो।

रमेश - अच्छा काम कर रहा हूं.... शराब पी के मुन्ना की तरह चैहट्‌टे पे नहीं बैठ रहा हूं।

निर्मला देवी, टोंकते हुए - लड़े कोई जीते कोई, आपस में मरे जा रहे हैं,बाप बेटे।

भारती, अंदर से बडे ताव में आई- तब से सुन रही हूं ... तू ही लड़ले चुनाव बन जा नेता ... पापा ये आज कालेज गया था ... उस सर्वेस से मार पीट करने।

विशंभर नाथ , गुस्से में खड़े होते हुए - जाओ जो करना करो कुलमूतन पैदा किया है... भोगना तो पड़ेगा, बेटी की शादी कर के फुरसत हो जाऊं,जेब में जब चवन्नी ना होगी तो कोई घर में बैठने के लिए भी ना पूंछेगा।

आरिफ मामला गर्म देख निकलना ही बेहतर समझा कौन बाप बेटे के झगड़े में पड़े , करेगा ये अपने मन की ही निर्मला देवी और विश्वंभरनाथ भी अंदर चले गए दोनों बहन भाई आपस में घंटो लड़ते रहे।

***

19.

नारायण सिंह शहर के जाने माने वकील हैं भला उनके घर का पता कौन नहीं जानता था, बिना भटके आरिफ और रमेश कार्ड देने उनके बंगले पे पहुँच गए। घर क्या वो तो आलीशान सफ़ेद संगमरमर से बना महल था ।

पूरे भवन में तरह-तरह की प्राचीन नक्काशी, तरह-तरह के डिजाइन लोहे का बड़ा सा गेट, अंदर गार्डेन, फूल, पेंड़-पौधे शोभा में चार चांद लगा रहे थे।

आरिफ की तो आंखे फटी की फटी रह गई, चौकीदार गेट पर ही खड़ा था - क्या काम है ?

रमेश - नारायण सिंह जी से मिलना है ।

चौकीदार - दोपहर में नहीं मिल सकते शाम को आना।

2-3 मिनट हील-हुज्जत करता रहा बड़ी मुश्किल से अंदर जाने दिया, अंदर से तो नजारा और भी देखने लायक था, मखमली घांस, फूलों से सजी क्यारियां, माली फूलों को पानी से सींच रहा था।

आरिफ - भाई मैने तो ऐसा महल फिल्मों में ही देखा, आज आंखो से देख रहा हूं, मुझसे अच्छा तो ये चैकीदार है, जो दिन भर इन

खूबसूरत नजारों को देख कर मन बहलाता रहता है।

पूरी फिजा फूलों की खुशबू से सराबोर है, ऐसा लगता है जन्नत है।

रमेश -सो तो है...मोटे आसामी हैं लगता है, गरीबो को लूट बेड़ के बनाया होगा।

आरिफ -और क्या ... ऊपर वाले की माया कहीं धुप तो कही छाया ।

इतने में एक आदमी अंदर से आया, काली कोट में था असिस्टेंट लग रहा था- कौन हो भाई यहां खड़े क्या कर रहे हो, क्या काम है बोलो ?

रमेश - वकील साहब से मिलना है कुछ जरूरी काम है।

आसिस्टेंट- जरूरी काम है तो शाम को आना, साहब खाली नहीं हैं।

रमेश, अपना परिचय देते हुए-विश्वंभरनाथ मेरे पिताजी हैं, उन्ही ने भेजा है, बहन की शादी है, निमंत्रण देने आया हूं।

असिस्टेंट -विशंभर नाथ के बेटे हो ...अच्छा आओ फिर अंदर ।

अंदर एक बड़े से हाल में बैठा दिया, एसी की हवा में बैठते ही आरिफ - मुझे लगता है, मैं यहीं पर पसर जाऊं।

रमेश, चुप कराते हुए -आगे पीछे देख लिया कर।

असिस्टेंट बैठाकर अंदर चला गया।

5-10 मिनट हो गये ना तो वो असिस्टेंट दिखा ना ही नारायण सिंह बाहर आये। आरिफ से बैठे ना रहा गया, भाई मैं तो अब ना बैठ पाउंगा, यहां बैठे रहने से अच्छा है बाहर फूलों की खुशबू ले आउं।

रमेश - बैठा रह चुप चाप ये कोई पार्क, गार्डन नहीं ,किसी का घर है , हम उन्हे नहीं जानते और वो हमें नही जानते, कार्ड देते हैं और चुप चाप निकलते हैं।

आरिफ - भाई तू देना कार्ड मैने कब मना किया हैं, टहल के आता हूं।

रमेश, खीजते हुए- जाओ जहां जाना है, कुछ उल्टा सीधा यहां तो बिल्कुल भी मत करना ।

***

21.

आरिफ टहलते हुए बाग से एक गुलाब का फूल तोड लेता है।

पीछे बालकनी से कोमल मधुर आवज आई- how dare you to pluck the flower? What are you doing here ? who the hell are you?

आरिफ - इधर-उधर देखते हुए .... कोयल ने कूक लगाई .... कहां से आयी ये आवाज बालकनी की तरफ नजर गई, रूपा को देखते ही आंखे ठहर जाती है, छरहरे बदन की एक खूबसूरत लडकी, अंग्रेजी में कहें तो शायद जीरो सइज इसी को कहते हैं ।

शरीर का एक भी अंग ना कम ना ज्यादा सब कुछ नपा तुला जालीदार टॉप, कमर से चिपका टाइट जीन्स, जो जवानी छिपा कम दिखा ज्यादा रहा था।आरिफ को कुछ सूझ ही नहीं रहा था कि क्या बोले।

इतनी अंग्रेजी सुनकर ...ये लडकी अंग्रेजी में कौन सी गाली दे रही है, फूल ही तोड़ा कौन सा गुनाह कर दिया बिना कुछ बोले देखता रह गया।

रूपा - हे मिस्टर ...इशारा करते हुए...

आरिफ - मोहतरमा आपकी अंग्रेजी तो समझ ना आई, हां इतना जरूर पता है

फ्लावर मतलब फूल होता है ब्यूटीफुल फ्लावर इसलिए तोड़ लिया।

रूपा – You don’t have any manners ?

आरिफ - मैडम लगता है आपसे हिन्दी नहीं आती ,मुझसे अंग्रेजी तो बिल्कुल नहीं आती।

रूपा - तुम हो कौन ? यहां पर क्या कर रहे हो ? बिना पूंछे फूल क्यों तोड़ा ? आया समझ में।

इतने में रमेश आ जाता है, आरिफ की ओर लपका क्या हुआ क्या कर दिया तूने ?

आरिफ - अच्छा हुआ, तू आ गया अब तू ही जवाब दे ,who are you...ये क्या बोल रही है समझ फिर मुझे समझा फिर मैं जवाब दूं। नजर टिकाते हुए ...।

रमेश जैसे ही पलट कर देखता है, उसका भी दिमाग चकरा जाता है ।

रूपा,रमेश का ध्यान तोड़ते हुए-अब तुम कौन हो ?

रमेश - अब तक तो रमेश था।

रूपा - रमेश हो या सुरेश बिना पूंछे फूल क्यूं तोडा, यहां आने की परमिसन किसने दी ?

रमेश - कुछ जरूरी काम है, इनसे अगर कोई गलती हुई हो तो माफी चाहूंगा।

आरिफ - तू माफ़ी क्यों मागेगा,गलती मेरी मैं ही माफ़ी मागूंगा ...जी आप मुझे जो सजा देना चाहे दे ...उफ़ तक न करूँगा इस फूल के बदले जान देने को तैयार हूँ।

रूपा –Get out from here...माली की तरफ इसारा करते हुए -बाहर करो इन्हे खड़े खड़े तमाशा देख रहे हो ।

आरिफ -ये तो आप मुल्जिम को बिना सजा दिए छोड़ रही हैं, मुझे सजा दीजिये।

रमेश –Sorry for that...हम खुद ही चले जायेंगे।

आरिफ - अंग्रेजी बोलने से कोई समझदार नहीं बन जाता... चल भाई ...ये लो मैडम अपना फूल जहाँ देखो फूल ही फूल।

रमेश,आरिफ का मुंह बंद कराते हुए- बस इसके आगे कुछ कहने की जरूरत नहीं ।

कुछ देर बाद नारायण सिंह अपने क्लाइंट के साथ बाहर निकले, उन्हे विदा किया,

रमेश को देख कर-धुप में बाहर क्यों खड़े हो आओ अंदर।

रमेश और आरिफ अंदर की ओर जाने लगे, नारायण सिंह- माफी चाहूंगा देरी के लिए, विशंभर नाथ जी के सुपुत्र हो, एक ही हो ना?

रमेश - जी हां एक बहन भी है, जिसकी शादी इसी शुक्रवार को होनी है।

नारायण सिंह - चलो अच्छा हुआ, बडे परेशान थे तुम्हारे पिता जी बेटी की शादी को लेकर।

रमेश - जी सब ईश्वर की कृपा है।

नारायण सिंह - जहां शादी हो रही है वो भी हमारे परिचित ही हैं, बडा अच्छा परिवार है, तुम्हारी बहन बहुत सुखी रहेगी।

नारायण सिंह,आरिफ की तरफ इशारा करते हुए, आप की तारीफ

रमेश - जी ये मेरा फ्रेन्ड है।

नारायण सिंह - चलो अच्छी बात है आओ अंदर, खाना-वाना खा के आराम से शाम तक जाना, बाहर तो बड़ी लू चल रही है।

रमेश कार्ड देकर निकलना तो चाह रहा था लेकिन सोचा थोड़ी देर और ठहर लिया जाये तो शायद इनकी बेटी से जान पहचान हो जाये, फिर दोबारा आना हो या ना हो।

दोनों को अन्दर ले गये, नारायण सिंह ने अपनी बीबी सुमन से परिचय करवाया, भोजन का प्रबंध करने के लिए कहा, रूपा कहां है दिखाई नहीं दे रही ?

रूपा, छत से नीचे आते हुए दिखी-बेटा इधर आना ?

रूपा - हां पापा क्या है?

नारायण सिंह , गर्वित स्वर में रूपा का परिचय करवाते हुए- ये मेरी बेटी रूपा है एम.बी.बी.एस. कर रही है।

रमेश - हाई रूपा मेरा नाम ।

रूपा - पता है बताने की जरूरत नहीं है तुम्हारा नाम रमेश है।

आरिफ - बीच में ही रोकते हुए, जी मेरा नाम आरिफ है।

नारायण सिंह - रमेश को तुम जानती हो ?

रूपा - हां पापा अभी-अभी जाना ये जो बैठे हैं, बिना पूंछे ही फूल तोड रहे थे।

नारायण सिंह - कोई बात नहीं बेटा फूल ही है।

रमेश अपना इंप्रेशन जमाने के लिए जोक मारता है, अरिफ की ओर देखते हुए - जी अंकल ये भी फूल ही हैं ।

नारायण सिंह जोर-जोर से हंसने लगे ।

आरिफ , मन ही मन साला मेरा जोक मुझे ही चिपका रहा है।

रूपा - और तुम कूल । ये कहकर मुंह बनाते हुए चली गई।

नारायण सिंह - तुमसे तो पूंछना ही भूल गया... करते क्या हो ?

रमेश - जी इसी साल मकैनिकल से बी ई कम्प्लीट किया है।

नारायण सिंह - गुड वेरी गुड आगे क्या प्लानिंग है ?

रमेश -ये सब निपट जाये फिर इसके बाद तो जॉब ही करना है।

नारायण सिंह - एक्सीलेंट, बहुत अच्छा है, अच्छा काम करो।

खाने-पीने का कार्यक्रम हुआ रमेश ने सपरिवार सब को शादी में आने के लिए आमंत्रित किया। रूप को निगाहें ढूंढती रही लेकिन कहीं नहीं दिख रही थी।

***

22.

रमेश दर्जनों लोगो को इकठ्ठा लेकर बैंड-बाजे के साथ आरिफ के अब्बू का पर्चा निर्दलीय उम्मीद्वार के तौर पे भरवा दिया।

ये बात मौलवी जी को पता चली, सीधे बेग साहब की दुकान अपने चमचों की लस्कर लेकर पहुँचते ही इलियाश बेग पर पिल पड़े ।

मौलवी जी - इलियास भाई तुम्हें पता भी है क्या कर आये ...ये चुनाव है वो भी विधायकी का ...सरपंची का नही है। कपडे सिलने का काम नहीं है , किसी के बहकावे में ना आना।

बेग साहब- मै कुछ समझा नहीं ?

मौलवी जी - इतनी मालूमात हमें भी है ये किसकी कारगुजारिश ...तुम इनके चक्कर में न ही प ड़ो ?

बेग साहब, सकपकाते हुए- ऐसी कोई बात नहीं, मैने तो इन बच्चों की जिद थी कि भर दो होगा जो होगा,ये मजलूम आपसे दुश्मनी लेकर कहां रहेगा।

मौलवी जी - जैसे पर्चा भरा है वैसे ही वापस लेलो, मैं भी चल दूंगा साथ में, रमेश की तरफ इशारा करते हुए-ये हमारे दीन का आपसी मामला है...तुम दखलंदाजी न ही करो तो बेह्तर ,समझे ?

रमेश - चुनाव में दीन कहां से आ गया, ये भी बता दीजिए ?

मौलवी जी - तुम बस इतना समझ लो हमारे लोगो को भड़काआगे, चुनाव लड़ने का इतना ही शौक है तो खुद लड़ जाओ ?

आरिफ - दीन की बातें करते हैं करते कुछ भी नहीं।

मौलवी जी - मैने क्या किया? मैने बहुत कुछ किया, और आगे भी करूंगा, इसलिए तो चुनाव लड रहा हूं।

रमेश - बहुत कुछ किया, अब एक काम और कर दीजिए, आरिफ का निकाह अपनी बड़ी

बेटी आशिमा के साथ कर दीजिए, नामंकन अभी फ़ौरन वापिस ।

मौलवी जी , बेग साहब की तरफ हवा में हाँथ उछालते हुए - तो ये बात है मै तो कुछ और ही समझा घर में खाने को लाले ख्वाब आसमानो के।

आरिफ - इसमें गलत क्या है,अशिमा का निकाह मेरे साथ करवा दीजिए, खुदा कसम,जान से भी ज्यादा ख्याल रखूँगा ।

मौलवी जी तैस में आते हुए- तुम्हारी औकात क्या है, दो कौड़ी का मकैनिक मेरी बेटी से निकाह करोगे?

रमेश - अब आप आगये अपनी औकात में,जाइये पर्चा वापस नहीं लेते जो करना है कर लीजिए।

मौलवी जी, बेग साहब को धमकाते हुए - तुमको ये दुश्मनी भारी पड़ेगी कौम से

बेदखल ना करवा दिया तो कहना, फिर कोई काफिर साथ ना आयेगा।

आरिफ - जुबान में लकवा ना मार जाये कहीं, अभी तो वोटिंग को महीनों हैं।

मौलवी - तुम्हारी जुबान खींच लूंगा।

मौलवी जी के चमचे जैसे ही आगे बढे आरिफ लोहे की बगल में पड़ी रॉड उठाते हुए - तुम सबकी यही कबर न खोद दूँ ?

मौलवी जी, उन्हें डपटते हुए - चलो पीछे अभी चुनाव का समय बाद में निपट लेंगे ।

आरिफ - आप खां मा खां अपना बी.पी. ना बढ़ाये, चुनाव से पहले ही अल्ला को प्यारे हो जायेंगे।

मौलवी जी - तुम दोनो बाप-बेटे की वो हालत करूंगा कि मुंह दिखाने के काबिल नहीं रहोगे, रमेश की तरफ इशारा करते हुए... और हां क्या नाम तुम्हारा ?

रमेश - रमेश सिंह आप चिन्ता ना करें, ये नाम अब आपके दिमाग में चैबीसों घंटे घूमता रहेगा।

मौलवी जी , हांथ झटकते हुए- देख लूंगा तुम सब को" कहते हुए वहां से चले गये।

आरिफ - ये ठरकी बुढ्ढा कभी नहीं मानने वाला।

रमेश - मानेगा क्यूं नही अब उंगली टेडीं करने का समय आ गया है, अब एक साथ मैदान में दो दुश्मन है,बेग साह्ब से- चचा जान आप फिकर ना करें...धुंआधार प्रचार का समय आ गया है।

***

23.

रमेश की बहन की शादी वाले दिन, शिवपूजन बहुत खुश था सुबह से ही नहा-धोकर नये कपड़े पहन कर तैयार होने लगा, जो भारती की शादी मे पहनने के लिए ही बनवाये थे। फूलन, शिवपूजन को सजने सवरते देख कर।

फूल न -भैया सज तो ऐसे रहे हो जैसे तुम्हारा ही तिलक होने वाला हो।

शिवपूजन -अपने दोस्त की बहन की शादी है और क्या गरीबी तो चैबीसों दिन है ।

फूल -तुम्हारी भी शादी हो जाये तुम भी रोज खुश रहोगे, मेरा भाई इन कपड़ो में इतना सुंदर लग रहा है कोई भी लडकी लट्टू हो जाये।

शिवपूजन -चल ज्यादा मस्का मत लगा, शाम को तू भी वो नया वाला सलवार सूट जो लया हूं उसे पहनकर तैयार रहना, अम्मा को भी अच्छे से तैयार कर देना।

शिवपूजन की मां वसितिया गाय को सानी दे रही थी, दोनों की बातें सुनकर - मैं कहीं ना जाउंगी, मुझसे चला ना जायेगा, ये फुलनिया आ जायेगी, और तू सुबह से काहे जा रहा है ?

शिवपूजन - आज तो दुनिया भर का काम होगा अम्मा।

विसतिया - रोटी दो रोटी खये जा ?

शिवपूजन - बासी रोटी थोड़े ही खाउंगा आज तो मिठाई, रसगुल्ला, मालपुआ, तरह-तरह के पकवान खाउंगा।

अम्मा- हां, बडे बिहन्ने से रखा है, मिठाई, रसगुल्ला खाये जा रोटी दो रोटी ?

शिवपूजन - अम्मा खा लुंगा,आज तो बहुत काम है, अब जाने दे।

* * *

24.

रमेश का घर पूरा मेहमानों से भरा था, सुबह से ही तैयारी चल रही थी, टेंट वाले, हलवाई, सब समय से अपने काम में लग गये, ये सामान यहां रखो, ये करो, वो करो विशंभर नाथ काम कुछ नहीं बस इधर से उधर ज्ञान देते फिर रहे थे ।

घर की औरतों को तो खाली बिना काम के देख लेते तो बिन बादल बरषने लगते मेहमानो को भी चार बात सुनाते...नेवता भोजन के लिए नहीं , काम करने के लिए है ।

रमेश,सुबह सुबह आराम से अभी जगा ही था बाहर जम्हाई लेते हुए खड़ा था।

विशंभर नाथ- कार्ड तो सभी के यहां दे आये हो ना, पता चले कोई छूट गया हो ?

रमेश - कोई नहीं छूटा, सब को दे दिया, आप चिन्ता ना करें।

विशंभर नाथ - चिन्ता तो तुम्हारी दिख रही है, नेतागीरी करते फिरते हो, घर के काम में तुम्हारा मन थोड़े ही लगता है।

रमेश - कम से कम आज के दिन तो छोड़ दीजिए।

विशंभर नाथ -नारायण सिंह को सपरिवार आने के लिए बोला है ना ?

रमेश के दिमाग में तुरंत ये विचार आया हो सकता है रूपा ना आये एक बार पापा से कहलवा देता हूं-मैने कार्ड तो दिया था ये नहीं कहा कौन-कौन आयें।

विशंभर नाथ - दुनिया भर की बाते करवा लो इतना ख्याल नहीं आया जब कार्ड दिया तो कहना चाहिए सपरिवार पधारें।

रमेश- गलती हो गई एक बार फोन कर के आप ही कह दीजिए।

विशंभर नाथ ने नारायण प्रसाद को फोन कर अपने बीबी बच्चों को साथ आने को आमंत्रित किया।

इतने में शिवपूजन भी आ गया, विशंभर नाथ देखते ही -शिवपूजन बहुत अच्छा किया कि तुम आ गये।

जनमासा जहां देना है वहां की साफ-सफाई घांस हटाना है, फिर पानी डाल के पूरे खेत को बराबर करना हैं। आज तो बहुत काम है तुम ये काम निबटाओ फिर बताता हूं ...काम क्या करना है... ये कह कर चले गये।

रमेश और शिवपूजन आपस में बात कर ही रहे थे कि आरिफ भी आ गया।

आरिफ- क्या बात है मेरी बस कमी थी लो मैं भी आ गया।

रमेश - बहुत अच्छा किया जो आ गया, जनमासे की घांस हटानी है लग जा काम पे।

आरिफ - बानगी है दोस्ती हो या आशिकी, सिद्दत से गर याद किया तो जान भी हाजिर है,

आज ये बंदा तुम्हारा गुलाम है जो चाहे करवा लो ?

शिवपूजन, मजाकिया लहजे में -शेरो शयारी का कुछ मतलब भी निकला या अइसे झुरय में।

आरिफ - फसल पड़ी नहीं की पत्थर पड़ गया...शिवपूजन को सजा धजा देख कर ,वो सब तो ठीक है शिवपूजन आज स्मार्ट दिख रहा है अब तेरी भी शादी करवाना है।

रमेश - पहले तू अपनी करवा ले फिर उसकी करवाना।

आरिफ - तू मेरी करवा दे मैं इसकी करवा दूंगा।

पास में ही टेंट वाला टेंट लगाने का काम कर रहा था, तीनों की बातें सुनकर तंज कसते हुए - मरे जा रहे रड़ेवे कोई लड़की मिल जाये तो ?

आरिफ, सुन लेता है - क्या कहा बे तूने...लड़की मिल जाए तो टेंटवाला - मैं तो कह रहा था जब शादी करना तो मेरा ही टेंट लगवाना।

अंदर से विशंभर नाथ आते हुए, रमेश पर बरसने लगे - तू ना खुद काम करता है ना किसी को कुछ करने देता... शिवपूजन पर चिल्लाते हुए -हो गया जो मैने कहा था आरिफ की तरफ इशारा करते हुए तुमसे तो कुछ कहना ही फालतू है।

टेंट वाले पर चिल्लाते हुए -तुम लोग तो करो रे...अंदर जा कर औरतों पर चिल्लाने लगते हैं - मेक अप, फैसन , टीम टॉम बारात शाम को आएगी ...क्या पहनोगी, तुम क्या पहनोगी ... तुम्हीं लोगो की बारात आने वाली है ...लगा के लाली बैठ जाओ ।

उधर रमेश, शिवपूजन से - तुम्हारा काम बस इन टेंट वालो की निगरानी रखना, बाहर से जो भी सामान आये उसे रखवाना और ये जनमासे वाला काम किसी और से करवा लो।

आरिफ से -तैयार हो जाऊँ फटा फट , नहीं सुन रहे हो अंदर मेरा ही गुस्सा उतारा जा रहा है।

***

25.

इधर आरिफ और रमेश काम से शहर निकल गये , उधर विशंभर नाथ शिवपूजन को इधर उधर घूमता देख बिफर गये। तुम्हे क्या कहा था जनमासे की साफ-सफाई के लिए और तुम इधर-उधर घूम रहे हो।

शिवपूजन, संकोच बस- हां वो मैं बस जा ही रहा था, ये कह कर घांस काटने चला गया।

शिवपूजन सुबह से खाली पेट घांस काटते, साफ-सफाई करते-करते दोपहर हो गई, सब अपने काम में व्यस्त,किसी ने खाने की सुध तक ना ली खाया कि नहीं ...एक काम खतम हुआ तो दूसरा फिर तीसरा ,कुछ काम न दिखा तो विशंभर नाथ ने भैंस के लिए कर्वी काटने के लिए लगा दिया।

शिवपूजन कर्वी काटते-काटते थक कर लस्त हो गया, मुर्छा आने लगी, कर्वी मशीन में हाँथ फस गया, खून की पिचकारी बह चली वहीं पर बेहोस होकर गिर गया, टेंट वाले ने

शिवपूजन को जमीन में पड़ा देखकर अन्दर बताने के लिए भागा-

ठाकुर साहब आपके यहां जो लडका काम करता है वो बेहोस पड़ा है और खून भी निकल रहा है, हिल-डुल भी नहीं रहा, कहीं मर तो नहीं गया, चलके देख लीजिए।

विश्वंभरनाथ, निर्मला देवी, नाते-रिश्तेदार वाले सभी बाहर की तरफ भागे।

निर्मला देवी दूर से ही शिवपूजन को अचेत वहीं पडे देख कर- हे राम इसे आज ही मेरे दरवाजे पर मरना था ले जाओ रे इसे कोई अस्पताल।

विशंभर नाथ- तुम अपनी मनहूस जुबान बंद रखो" शिवपूजन को हिलाते हुए लाओ पानी लाओ जल्दी, मुंह मे पानी डाला, शिवपूजन, शिवपूजन, शिवपूजन होस में आते हुए, तब तक काफी खून बह चुका था।

हांथ को कपडे से लपेटा, नाते-रिश्तेदार मेहमान सभी आगये...हमारे दरवाजे पर ना मर जाये ले जाओ इसको, इसके घर छोड आओ, इक तो वैसे भी अपना खून बहाकर अपसकुन कर दिया।

टेंट वालो की तरफ इसारा करते हुए- लेजाओ इसको घर छोड आओ।

विशंभर नाथ ने एक टेंटवाले के साथ, शिवपूजन को उसके घर छोडने के लिए भेज दिया शिवपूजन के हांथ से खून लगातार रिस रहा था, टेंटवाला शिवपूजन को उसके घर के बाहर ही छोड़ कर जाने लगा।

शिवपूजन को इस हालत में देख विसतिया और फूल रोने लगे, शिवपूजन इस हालत मे नहीं था कि कुछ बता पाये, खून बहता ही जा रहा था।

विसतिया जोर-जोर से रोते हुए - हे भगवान का हो गया मेरे बेटे को अब का करी हो...

बेढ़ परय या ठकुरबा के मूड़े ....मारि डारिस हमा लड़िका लै चला कोउ अस्पताल ?

फूल, टेंटवाले से एक साथ कई सवाल ,क्या हुआ ,कैसे हुआ ,क्यों ?

टेंटवाला - कर्वी काट रहा था,हाँथ फस गया ।

विसतिया ,बिलख बिलख कर रोते हुए - हे भगवान, अब का करी ,ले चल बेटा अस्पताल लै चल बेटा?

फूलन भी रोती हुई टेंट वाले से - जल्दी बैठाओ भैया गाड़ी में जल्दी से अस्पताल ले चलो?

टेंटवाला- मै ना ले जाउंगा, ठाकुर साहब ने यहीं तक छोंड़ने के लिए बोला था, मुझे टेंट लगाना है, मै ना जाउंगा ये बोल कर टेंट वाला चला गया।

***

26.

फूलन अपने आस-पड़ोस में दौडी सब से फरियाद करती रही ,कोई तो बचा लो मेरे भाई को, दरवाजे - दरवाजे आस पड़ोस मारी मारी फिरती जब तक किसी को लेकर पहुँचती शिवपूजन ने दम तोड़ दिया था ।

विसतिया, मुर्छीत होकर बेहोस हो गई, फूलन जोर-जोर से दहाड़े मार कर रोने लगी - मार डाला रे मेरे भाई को... भैया उठ रे मुझे पता था तू बिना खाए ही आ गया... भैया उठ देख गरम-गरम रोटी बनाई है...तू लड़ता है

ना सूखी रोटी नोन मिर्च के साथ ना खाउंगा... देख आज तो सब्जी भी बनाई है...

तू मर गया तो हम लोग जी के क्या करेंगे, हमें भी अपने साथ ले चल । फूलन अपना सिर जमीन मे पटक-पटक के रोये जा रही थी ।पड़ोसी भी सांत्वना दे रहे थे -

बेचारे के घर में कोई मर्द नहीं बचा, एक ही लडका था, वो भी चला गया, जवान बिन ब्याही बहन, इस बुढ़िया को अब कोई पानी देने वाला भी नहीं बचा, घर में कोई मर्द नही था जो आग भी देसके, आस-पड़ोस वाले आग देने से कतराने लगे । आखिर फूलन ही अपने भाई को मुखाग्नि दी।

***

27.

इधर विशंभर नाथ ने घर पे सब को सख्त हिदायत दे रखी थी कोई भी शिवपूजन का जिकर नही करेगा।

शाम होने से पहले रमेश और आरिफ सामान लेकर घर लौटते ही विशंभर नाथ से पूंछा समसान घाट में चिता जलते हुए दिख रही है कोई मर गया है क्या ?

विशंभर नाथ - इतना बडा गांव है क्या पता कौन मर गया , कोरी, कोटवार, भंगी, चमार सभी तो रहते हैं मर गया होगा कोई । बात बदलते हुए- बारात चल दी है वहां से 1-2 घंण्टे मे पहुंच जायेगी।

***

28.

रात होते ही विशंभर नाथ का द्वार पूरी तरह से रोशनी से जगमगा उठा, घर की सभी महिलाएं एक से बढ़कर एक रत्न जडित साड़ी, जिनके पास जितना स्वर्ण आभूषण था पहनकर सजने सवरने में लग गई । भारती को सजाने के लिए, शहर से मेकअप वाली को बुलाया गया था, रमेश शेरवानी में लम्बा-चैडा, उंचा माथा, गोल चेहरा किसी फिल्मी हीरो से कम नहीं लग रहा था।

नारायण प्रसाद , अपनी पत्नी और बेटी के साथ, चार, पहिया से उतरे, रमेश बाहर सभी आगंतुकों के स्वागत -सम्मान में लगा था। रूपा को देखते ही रमेश का दिल खुशी से झूम उठा मानो उसके मन की मुराद पूरी हो गई।

नारायण प्रसाद जी की तरफ लपका- आइये-आइये अंकल, नमस्ते आंटी, हाई रूपा,आइये आप लोग उधर चलिए...

नारायण प्रसाद- नहीं अंदर नहीं बाहर ही ठीक है, यहां बढिया ठंडी-ठंडी हवा चल रही है, इन लोगो को अंदर ले जाओ।

रमेश ने जैसे ही रूपा की आंखो में आखें मिलाने की कोशिस की रूपा ने अपना मुंह फेर लिया।

रमेश ,सुमन से- चलिए आंटी अंदर चलिए।

सभी को अंदर ले गया, रमेश, भारती को आवाज लगाते हुए- भारती देखो तो कौन आया है ।

भारती रूपा को देख कर खुश होगई, उसे पता था पापा भैया की शादी रूपा से करना चाहते हैं।

भारती- अंदर आओ भा ... कहते कहते रूक गई, आंटी रूपा आप लोग अंदर आईये ना।

रमेश सब काम छोड़ कर रूपा और सुमन जी के स्वागत सत्कार में लग गया।

सुमन जी - बेटा तुम इतना परेशान ना हो, अपना ही घर है, हमें जो जरूरत होगी हम मांग लेंगे।

रमेश बार-बार रूपा की आंख से आंख मिलाने की कोशिस करता रूपा अपनी नजरे फेर लेती।

आरिफ अंदर आते हुए- भाई बाहर बारात आ गई है, तू अंदर आंख मिचैली का खेल खेल रहा है... आंटी जी नमस्ते, रूपा जी नमस्ते, उस दिन फूल तोड़ने के लिए फिर से I am very sorry, आप कहें तो अपका फूल लौटा दूं यहां पर फूल ही फूल हैं।

रूपा - नहीं जी कोई जरूरत नहीं है आप दोनो हमें अकेला छोड दें, और कुछ करने की जरूरत नहीं।

रूपा,भारती को शादी के बाद की प्री एडवाइस देने लगी, रमेश और आरिफ दोनो बाहर आगये।

रमेश,रूपा को इम्प्रेस करने के लिए उसके इर्द गिर्द चक्कर काट रहा था उधर मुकुल और आरिफ आपस ऐसे घुलमिल गए जैसे सराब में बर्फ, दोनों छत पर बैठ कर पीने लगे ...उधर स्टेज पर डीजे की धुन पर नाच गाना भी चल रहा था ।

मुकुल,आरिफ से -रमेश की सेटिंग तो जबरजस्त है ।

आरिफ - बड़ी तेज है घास भी नहीं डालती ...उधर देखो कैसे दुम हिलता घूम रहा है ।

मुकुल -चालू है साला सेट कर लेजायेगा ।

आरिफ -कोशिश तो कर रहा है देखो कब इंजेक्शन लगाएगी ।

मुकुल -तुम्हारी सेटिंग नहीं दिख रही ?

आरिफ -हमारी सेटिंग की अभी फिटिंग कहाँ हुई...उसी के इंतजार में तो हूँ ।

दोनों की आपस में बातें चल ही रही थी की रमेश छत पे आते हुऐ- ला जल्दी से दो पैग मैं भी लगा लूँ काम बहुत है ।

मुकुल -दिख रहा है काम, दूसरों को ज्ञान बांटने वाल, कुत्तों की तरह दुम हिलाता घूम रहा है ।

रमेश -कौन मैं...वो मुझ पे लट्टू है ...पूंछ इससे ...दो पैग लगाने के बाद ...चलो अब डांस हो जाये ?

मुकुल -मुझे नागिन डांस आता है ।

आरिफ -ठीक है मैं सपेरा बन जाऊंगा ।

मुकुल और आरिफ दोनों नागिन डांस करने में मस्त पूरी तरह लोट पोट होरहे थे ,

लोग खड़े तालिया बजा रहे थे हूटिंग कर रहे थे ।

विशंभर नाथ, रमेश के पास आते हुऐ -तू यहाँ खड़ा तमाशा देख रहा है, आगे का कार्यक्रम बढ़वाओ ?

रमेश, बिना देखे - ठीक है आप चलिए ।

विशंभर नाथ- क्या ठीक है ? मुकुल को लोट पोट डांस करता देख - ये कार्टून तुम्हारा दोस्त है, तुम्हारे ऐसे ही कार्टून दोस्त हैं ?

आरिफ की तरफ देखते हुए- ये तो है ही नौटंकी ।

मुकुल, डांस करते करते रमेश को भी पकड़ कर ले गया रमेश खुद को छुड़ाते हुऐ,

मुकुल- चल भी ना ...तेरी वाली की नजर ...ईधर ही है ।

रमेश अपने पसंदीदा भोजपुरी, हिंदी गाने बजवाता है पसीना पसीना होने तक डांस किया।

रूपा देख कर मुँह बना रही थी रमेश करीब जा कर - लगता है आपको पसंद नहीं आया ?

रूपा ,अपना मुँह बनाते हुए- नाच न जाने आँगन टेढ़ा ।

रमेश- तो आप ही सीधा कर दीजिये...जरा नाच के दिखाइए...अपने लटके झटके हमें भी तो दिखाइए ?

रमेश अपने घर की बांकी लड़कियों की तरफ इशारा करते हुऐ हाँथ पकड़ कर रूपा को स्टेज पर ले गई ।

रूपा के स्टेज पर पहुँचते ही डीजे में गाना बजा ...तेरी अँखियों का ये काजल ...

रूपा ने अपने डांस से लोगो को दीवाना बना दिया ...सभी ने खुल कर तारीफ की , रमेश की तो रुपा की लचकदार कमर कमानी देख आहे निकल गई।

डांस ख़त्म हुआ रूपा अंदर जाने लगी रमेश पास से गुजरते हुऐ - आप ने तो आज मुझे मार ही डाला ।

रूपा, अपनी जुल्फे झटकते हुए -लोफर कहीं का ... कह कर अंदर चली गई।

तभी आशिमा, मौलवी जी के साथ आती हुई दिखी आरिफ के चेहरे पे ख़ुशी की लहर दौड़ गई ।

आरिफ- अब जाके आई बहार ।

मुकुल, निढ़ाल कुर्शी में बैठा - मेरी तो उतर गई ...तुम्हारी लगता नहीं उतरी ?

आरिफ आहे भरता हुआ- फिर नशा चढ़ गया ...इसकी तो हर अदा एक नशा है ।

मुकुल की नजर आशिमा पर पड़ी - अच्छा तो ये है तुम्हारी सेटिंग ...19...20 ही है दोनों ...

26.32 .36 ...28..32...38 तुम्हारी वाली ।

आरिफ - कमाल है इतना सटीक मेज़रमेंट तो मेरा बाप भी नहीं लगाता ।

मुकुल,आरिफ की तरफ घूरते हुऐ- तुम्हारे पिता जी यही काम करते है ?

आरिफ - यही करते हैं ... मतलब उस तरह से नहीं दूसरे तरह से ।

मुकुल -अच्छा है ,बेटा नम्बरी, बाप दस नम्बरी।

विशंभर नाथ ,मौलवी जी का स्वागत करते हुऐ – आइये, आइये ।

मौलवी जी चेहरे पे मुस्कान बिखेरते हुऐ अदब के साथ आदाब किया-

अल्लाह आपको हर ख़ुशी से नवाजे बेटी ने कहाँ अब्बू आप भी चलिए ...मैंने कहाँ तुम्हारी दोस्ती से ज्यादा पक्की हमारी दोस्ती है, चुनाव का टाइम है कितनी व्यस्तता है आपको तो पता है...फिर भी मैंने कहाँ मैं तो चलूँगा ही, सिंह साहब चाहे भले ही अपने दरवाजे से बैरन कर दे ।

दोनों हँसने लगते है विशंभर नाथ- आप भी ना, बहुत अच्छा किया ...चलो बेटी अंदर चलो ...

इतने में बेग साहब भी अपनी सायकल किनारे खड़ी कर आते हुऐ ,मौलवी जी और विशंभर नाथ को आदाब किया ,दोनों ने अपना मुँह फेर लिया जैसे सुना ही नहीं।

आरिफ को ये देख बुरा लगा मुकुल से - साला पैसे के आगे इंसान इंसान नहीं ,कुत्ते की दुम हो गया।

मुकुल -एक बार सेट कर लो फिर तो ये तेल भी लगाएंगे ?

रमेश ,बेग साहब को दूर से ही देख कर - आओ चचा,ससम्मान मौलवी जी की कुर्शी के बगल में ही बिठाते हुए।

आशिमा जैसे ही अंदर जाने को हुई।

मुकुल -जा भाई तेरी वाली अंदर जा रही है।

अंदर गैलरी में आरिफ, आशिमा के करीब से गुजरते हुऐ -

आप आये बहार आई ,चांदनी रात ,चुनरी ओढ़ मुस्कुराई।

आशिमा अपनी चुनरी सर पे डालते हुऐ - अब्बू यहीं है , बुलाऊँ तुम्हारी शेरो शायरी यहीं निकल आएगी ?

आरिफ ,आह भरते हुऐ - ऐ बेरहम दिल मेरे इश्क़ पे तरश खाये ?

आसिमा -इश्क़ पागल और तू भी पागल। इतना कह कर मुँह बनाते हुऐ जाने लगती है।

आरिफ फिर एक शेर पढ़ते हुऐ ...

इत्र की खुसबू कही भी पड़े महक छोड़ जाती है... "आशिमा तब तक भारती के कमरे तक पहुँच चुकी थी ,अंदर चली जाती है। आरिफ ,मन मसोसते हुऐ -साला कोई शेर सुनने को तैयार नहीं।

***

29.

कार्यक्रम प्रगति पर था सब बरातिओं का स्वागत - सत्कार चल ही रहा था ...

देर रात सर्वेश भी मुन्ना के साथ आया, आरिफ देखते ही बिखर गया दोनों के बीच बहस ...तू तू मै मै हुई, बीच बचाव में विशंभर नाथ आये आरिफ को ही फटकार लगाई ।

आरिफ, रमेश की ढूढ़ता हुआ अंदर पहुँचा रमेश लड़कियों के बीच बैठा गप्पे हाँकने मे लगा था ।

आरिफ - भाई सर्वेस आया है, घर का मामला है अपने घर में शादी है नहीं तो उसका मुंह तोड देता।

रमेश - टेंशन मत लो, आगे मौके ही मौके मिलेंगे,

गर्मी का मौसम है जाओं उसको सरवत वगैरह पिलाओ।

जयमाला के लिए एक बडा सा खूबसूरत मंच बनवाया गया था, सभी बारी-बारी से वर-बधू को आर्शीवाद देने गये, रमेश इंतजार में था कि कब रूपा ऊपर मंच पर जाये, रूपा जैसे ही ऊपर गई रमेश बगल में जा कर खड़ा हो गया, कैमरा मैन को इशारा किया, जल्दी-जल्दी फोटो खींचो, रूपा मुंह बनाते हुए, धीरे से तुम जैसे लड़को को मै घांस नहीं ड़ालती ।

रमेश - कोई बात नहीं मै घांस नहीं खाता।

रूपा - तुम मेरा पीछा करना छोड दो ?

रमेश - जी मेरा इरादा तो साथ चलने का है।

रूपा मुंह बनाते हुए - सपना देखो।

रमेश - अच्छा ठीक है स्माइल तो करिये, नहीं आपकी फोटो खराब हो जायेगी।

सर्वेस - रूपा को देखकर उस पर लट्टू होगया ,मुन्ना से- टंच माल है, फील्डिंग जमानी पड़ेगी।

जयमाला होने के बाद खाने का कार्यक्रम शुरू हो गया, बफर सिस्टम था, सभी अपनी-अपनी प्लेट लेकर धक्का -मुक्की चालू कर दिये।

भीड़ देख कर रूपा ने सोचा कुछ देर इंतजार ही कर लेती हूं, रूपा की खाली प्लेट देख कर रमेश ने एक प्लेट में सभी स्वीट लेकर आता है।

रमेश- ये लीजिए कब तक आप ऐसी ही खड़ी रहोगी।

रूपा- आप को मेरी फिकर करने की कोई जरूरत नहीं, मैं अपने हांथो से लेकर खा लूंगी। बाई द वे ...मैं मीठा नहीं खाती।

रमेश - खा लीजिए जुबान मीठी हो जायेगी।

रूपा -ज्यादा बकवास ना करो, यहां से दफा हो जाओ।

रमेश - मेरा चलता है....कम से कम खाने का अपमान मत कीजिए।

रूपा ने प्लेट हांथों से लेकर थैंक्यूं ।

रमेश, हंसते हुए - बस इससे आंगे और कुछ मत कहियेगा।

वहीं पर सर्वेस पहुच गया, हलो जी मेरा नाम सर्वेस है, तुमने तो अपने नये मेहमान से हमारा परिचय करवाया ही नहीं।

रमेश कोई जरूरत नहीं परिचय की।

सर्वेस - इंन्ट्रो तो बनता है। रूपा उसकी शकल देख कर ही समझ गई ये लड़का मवाली टाइप का है, वहां से चली जाती है।

सर्वेस - लडकी तेवर वाली दिखती है, तुम्हारी आइटम तो मस्त है, कौन है?

रमेश - घर आये कुत्ते को भी नहीं भगाना चाहिए ...गनीमत है कि तुम मेरे घर में हो... खाना खाओ और चुपचाप निकल लो।

रूपा और भारती रूम में आपस में बातें कर रही थी।

रमेश भारती के रूम में अंदर जाते ही- लगता है तुम दोनो की बहुत जमेगी, काश ये दोस्ती रिश्तेदारी में बदल जाये।

रूपा - भारती तुम्हारा भाई एक नम्बर का लोफर है।

भारती- रमेश घर आये मेहमान को परेशान नहीं करते।

रमेश,रुपा से - एक बार आंखो में आंखे डाल कर तो कहिए जो कहना है।

रूपा, गुस्से में रमेश को घूरते हुए - यू आर स्टुपिड ?

रमेश - आपकी डिक्शनरी में लगता है, प्यार मोहब्बत के शब्द नहीं हैं ।

भारती, रमेश को डांटते हुए - रमेश अब बहोत हो गया।

रमेश - जो कहने आया था वो तो भूल ही गया, अंकल आपको और आंटी को बुला रहे हैं, भारती तुमने वो काम किया जो मैने कहा था ? हौले से इशारा किया फोन नंबर लेने के लिए रूपा भांप गई।

रूपा- मैं अपना नंबर किसी ऐरे-गैरे को बिल्कुल भी नहीं देती, खास कर तुम जैसों को तो बिल्कुल भी नहीं।

रमेश - ठीक है मैडम मत दीजिएगा, लेकिन आप यहां आई इसलिए थैंक्यू सो मच।

रूपा - यू टू...भारती के गले लगते हुए- इतनी अच्छी फ्रेन्ड से मिलाने के लिए।

रूपा, सुमन और नारायण प्रसाद जी दुआ सलाम करते ,सबसे मेल मिलाप करते अपने घर के लिए प्रस्थान किया।

रात भर शादी का कार्यक्रम चला, सुबह भारती को सभी ने अश्रुपूर्ण नेत्रों से विदाई दी।

***

30.

रमेश ने थोडा फुरसत की सांस ली, अच्छे से पूरा कार्यक्रम निपट गया, आराम करने के लिए लेटा ही था कि आरिफ रोते भागता हुआ आया, बाहर से ही आवाज लगाते हुए- रमेश, रमेश गजब हो गया।

रमेश- क्या हुआ ऐसा क्या हुआ, रो क्यूं रहा है ?

आरिफ- क्या बताउं तुम्हारे पिता जी ने उस गरीब की जान ले ली।

रमेश - साफ-साफ बताओं किसकी जान लेली ?

आरिफ - शिवपूजन की और किसकी।

रमेश के पैरों तले जैसे जमीन ही खिसक गई हो, सन्न रह गया, विशंभर नाथ को तो पहले से सब पता था ये आरिफ किसलिए आया है वो भी आ गये-

क्या फालतू बकते हो, मुझे क्या पता, मैने तो टेंटवाले को बोला था हस्पिटल ले जाने के लिए।

आरिफ - आप झूंठ बोल रहे हैं उस टेंटवाले ने सब कुछ बताया, सुबह से दोपहर तक उस गरीब से खेत की घांस छिलवाते रहे फिर कर्वी कटवाने लगे, खाने को एक रोटी भी ना दी।

विशंभर नाथ - मुझे क्या पता वो खाया नही है, शादी ब्याह का घर सब काम में लगे थे।

आरिफ - आप को हास्पिटल तो ले जाना चाहिए था ना... आपने उसे मरने के लिए छोड़ दिया।

विशंभर नाथ - तुम फालतू की बातें मुझसे ना ही करो।

आरिफ - आपको क्या...वो तो मजदूर है इन्सान थोडे ही मरे या जिये।

रमेश, गुस्से से - वो है कहां।

आरिफ -मरने के बाद आदमी कहां जाता है, मुझे क्या पता इनसे पूंछो ?

रमेश अपने में ही - बचा ही कौन...

एक विधवा मां, बिन ब्याही बहन...वो तो जीते जी मर गये।

विशंभर नाथ -जिसको जाना था वो तो चला गया ।

रमेश, उंगली दिखाते हुए तेज आवाज में - बाप ना होते तो...खैर आपसे बहस करने का कोई फायदा नहीं है।

***

31.

रमेश, आरिफ को लेकर शिवपूजन के घर पहुंच गया। फुलन और उसकी मां बाहर ही निढ़ाल पड़े थे ,जैसे कुछ होस ही ना रहा हो,कल से कुछ खाया भी न था। रमेश के पैर ठीठक गये हिम्मत ही ना हुई, आखिर क्या मुँह लेकर जाये।

शिवपूजन की मौत का स्वयं को दोषी मानने लगा आंखों में आंसू भर आये, विसतिया को जमीन से उठाते हुए -अम्मा तुम्हारे बेटे की मौत का जिम्मेदार मै हूं, स्पर्श पाते ही दोनो-मां बेटी रोने लगे, आंसू का सैलाब बहने लगा।

बिसतिया बेसुध पड़ी थी, रमेश के हांथ लगाते ही जैसे राख के नीचे दबी चिंगारी को हवा मिल गई हो... मर गया रे मेरा बेटा अब क्या करू, हमें भी तू क्यूं साथ ना ले गया, भूंखा-प्यासा मर गया, कहा था दो रोटी खा ले...नहीं माना... मार डाला... यही रट लगाये जा रही थी।

रमेश का हृदय भी विसाद से भर गया, अपने आंसुओ को ना रोक पाया रोते हुए - अम्मा शिवपूजन को वापस तो नहीं ला सकता हूं लेकिन आज से तुम मुझे ही अपना बेटा समझना, तुम्हारी देख भाल मैं करूगां, इस फुलनिया की शादी बडे घूम-धाम से करवाऊँगा।

कभी वसतिया को तो कभी फूलन को रमेश सांत्वना देता। आरिफ से सेठ की दुकान से खाने पीने का सभी सामान मंगवाया, फूल के हांथ में कुछ पैसे जैसे ही रखने लगा।

फूलन - मुझे नही चाहिए तुम्हारे पैसे ना ही झूंठी हमदर्दी, तुम सब ने मिलकर मेरे भाई को मार डाला।

रमेश - हां मैने मारा तुम्हारे भाई को इसकी जो सजा देना चाहो मुझे दो।

फूलन - हम गरीब अनाथ भला तुम अमीरों को क्या सजा देंगे ।पथराई आँखों से ऊपर

देखते हुए फिर अचानक बोल पड़ी- लोग कहते हैं भगवान है तो वही मेरे भाई के साथ न्याय करेगा, तुमको वही सजा देगा।

रमेश, रोते हुए - ठीक है फूलन तुम जो चाहे सजा दो लेकिन तुम ये पैसे रख लो, समझ लो तुम्हारे भाई के कमाए हुए पैसे हैं।

* * *

32.

रमेश, पैसे जमीन में रख कर रोते हुए शिवपूजन की चिता में जाकर दहाड़े मारकर रोने लगा - मैं तुम्हारा कातिल हूं, उठो मुझे सजा दो, मै एक ऐसे समाज में ऐसे घर में पैदा हुआ जहां इन्सान नही हैवान रहते हैं।

हम सब तुम्हारे कातिल हैं, हम खुद को इंसान कह सके इस काबिल भी नहीं ,गरीब

तुम नहीं ,गरीब तो वो लोग हैं जो खुद तो इंसान न बन सके।

कुछ देर तक बेसुध बैठा रहा बचपन की अपनी और शिवपूजन की यादो को जैसे उसकी चिता की राख को कुरेद कुरेद कर फिर जिन्दा करने की कोशिश कर रहा हो।

रिमोट से चलने वाली कार, शिवपूजन को बहुत पंसद थी ,रमेश उसमें चाभी भरता कार जितनी दूर तक जाती शिवपूजन भी पीछे दौड लगाता...अपने दादा को देखते ही -ऐसी गाडी मुझे भी ला दो ।

दादा -तू क्या करेगा, खेल खिलौने भी कोई खेलने की चीच है।शिवपूजन रोने लगा उसके दादा ने फटकार लगाई -जा भाग जा घर।

शिवपूजन रिमोट वाली कार उठा कर भागने लगा। रमेश के जोर-जोर से रोने की आवज सुनकर...विशंभर नाथ ने, शिवपूजन के गाल में जोर से चपत लगाई....वहीं गिर

गया....गाड़ी हांथ से छूट गई, दुत्कारते हुए- छूत कहीं का...दोबारा जो छुआ तो...हड्डी पसली तोड दूंगा।

उस दिन से शिवपूजन दूर से ही देखता पास आने की हिम्मत ना होती।

विशंभर नाथ को देखते ही मानो उसके प्राण सूख जाते ...उसके अंदर हीनभावना ऐसे घर कर गई कि फिर कभी स्वाभिमान से जीने की हिम्मत ना जुटा सका।

आरिफ,रमेश को विचारो में खोया देख चिता के राख की तरफ देख रहा था जो अभी ठंडी भी हुई थी -

"खाक थी जो फिजा के साथ चलती रही,

धुंध थी छट गई फिर खाक हो गया।

रमेश आवाज में धीरता लाते हुए भरे मन से - किसी को कोई अधिकार नहीं जो किसी के वजूद को नकार दे,हर व्यक्ति को अधिकार

है स्वाभिमान से जीने का जुल्म करने वाला जुल्म करेगा, उसका प्रतिकार करना व्यक्ति का धर्म है।

डब-डबाई आंखो से चिता की तरफ देखते हुए- तुम्हें किसी और ने नहीं तुमने मारा है, तुम्हारी हीन भावना ने, पलट के जबाब दिये होते तो शायद खाक में ना मिले होते।

आरिफ, रमेश के कंधे को थप-थपाते हुए - खोखले आदर्शो से हकीकत नहीं बदलती देखो उसकी चिता की राखा को यही हकीकत है।

* * *

33.

शिवपूजन के जाने के बाद रमेश घर में ना किसी से बोलता ना ढंग से खाना खाता अपने मां बाप की शक्ल देखते ही चिढ़न होती।

शिवपूजन का क्रिया कर्म विधि-विधान से करवाया। काफी दिन गुजर गये,एक दिन विशंभर नाथ ने रमेश से - बहुत शोक मना लिया अब तुम्हें नौकरी चाकरी भी तो देखनी है।

रमेश - मैं अब कहीं नही जाने वाला यहीं रहकर काम करूंगा ।

विशंभर नाथ, कुढ़ते हुए- यही काम करोगे इंजीनियरिंग करके खेत पे ट्रैक्टर चलाओगे।

रमेश - मैने सोच लिया है यहीं आरिफ के साथ मिलकर बिजनेस करूंगा।

विशंभर नाथ -अच्छा तो अब तुम उसके साथ मिलकर पंचर बनाओगे, तुम्हें ये आरिफ कहीं का ना छोडेगा, बरबाद कर देगा ?

रमेश - आप को जो कहना है कहते रहें मैं अपने मन की करूंगा।

निर्मला देवी - हे भगवान ये नौकरी नहीं करेगा तो इससे शादी कौन करेगा ?

विशंभर नाथ, झल्लाते हुए - इसकी बुद्धी उस आरिफ ने भ्रष्ट कर दी है, नारायण सिंह अपनी बेटी की शादी एक पंचर बनाने वाले से कभी भूल के भी नहीं करेंगे।

रमेश - किसने आपसे कहा, थाल सजा के मेरे लिए रिस्ता मागने जाएं।

रमेश ये कहते हुए वहां से चला गया।

***

34.

चुनाव के दिन नजदीक आ रहे थे शंभूनाथ और मौलवी जी दोनो ही जोर आजमाइस में वोट के लिए गरीब और निम्न तबके के लोगों में खूब पैसा और शराब बांटी।

सभाओं का दौर चला.....मंच से मौलवी स्वयंभू और बांकी प्रत्यासी अपनी अपनी तरफ से वोटर्स को रिझाने कि कवायद में जुट गये, मौलवी ने मुसलमानों को एक जुट करने के लिए मजहबी दांव चलने की योजना बनाई।

एक मुस्लिम व्यापारी की दुकान में कुछ भाड़े के टट्टू भगवा भेष में जा कर दुकान के सब सामान बाहर फेंक दिया....व्यापारी

को जमके पीटा, धमकाया अगर मौलवी को तुम लोगों ने वोट दिया तो समझ लेना....वहां पर और भी कई मुस्लिम व्यापारियों की दुकाने थी... सब को धमकाते हुए- एक भी मुसलमान की दुकान यहां नहीं बचेगी ।

* * *

35.

इस घटना से पूरे क्षेत्र में हडकंप मच गया....कई जगह आगजनी, दोनो समुदायों के बीच मारपीट की घटना हुई... मौलवी ने मस्जिद से अनाउंस किया....शांन्ति बनाये रखे... ड़रने की कोई जरूरत नहीं....हजारों की संख्या में मस्जिद के पास भीड़ इक्कट्ठा हुई... लोगों के अन्दर आक्रोष भरा

था...पोलिस वालों के लिए भी संभालना मुस्किल था।

मौलवी जी माइक लेकर अरबी में खुतबा पढते हुए- इलाही अल्लाह ऐ कृअल्ला के बन्दों..... दीन के रखवालों हौसला रखो अल्ला हमारे साथ है...जब तक हम एक हैं कोई हमारे घरों को नहीं तोड सकता...नामर्द हैं वो जो पीछे से वार करते हैं, उन काफिरों से जाकर कह दो...रसूल को मानने वाले अपने ईमान पर कायम हैं....ऊंची गर्जना लगाते हुए...हम किसी से नहीं डरते....... अल्लाह सबक सिखाएगा इन काफिरों को....फतह हमारी ही होगी.... या नबी सलाम अलैका या रसूल सलाम अलैका सलातुल्लाह अलैका ।

इतना सुनते ही भीड़ उन्माद में झूमने लगी...जोर जोर से मौलवी जी और उनकी पार्टी के नारे लगाने लगी ।

***

36.

उधर रमेश, आरिफ और उसके कई साथी जिन लोगों ने दुकानों में तोड-फोड की थी, एक खुली गाडी में हथियारों से लैस पीछे पड़ गये.... वो लोग करीब दर्जन भर थे अपनी गाडी में आगें आगें दो पहिया गाड़ी से भाग रहे थे।

एक चैराहे पे जाके गाड़ी वाले को घेर लिया,हा◌ॅकी, बेसबाल से पिटाई करने लगे, इत्तेफाकन जहाँ पर वो गुंडे पकड़ में आये वहीँ नजदीक में ही रूपा का हॉस्पिटल था रूपा की नजर पड़ी ।

रूपा रमेश को मारपीट करते हुए देख पास में ही रूक गई,रमेश की भी नजर पड़ी, रूक गया - ले चलो इसे पकड़ के रमेश रूपा की तरफ जाने लगा...रूपा अपने पास आता

देख...मुड के जैसे ही गेट से अंदर जाने लगी- वन मिनेट जैसा आपने देखा वैसा कुछ बिल्कुल नहीं ।

रूपा, चिढ़ते हुए - तुमसे पूंछ कौन रहा है...यू गो टू हेल....मवाली कहीं का ।

रमेश - सुन तो लो, आखिर बात क्या है ?

इतने में आरिफ आगया -चल छोड़... इश्क लड़ाने का अभी समय नहीं, बांकी जो बचे हैं उनकी भी हड्डी पसली तोड़ना है।

रूपा जैसे ही अंदर जाने लगी,आरिफ,रूपा को टेन्ट मारते हुए - जब इत्तेफाक थी मुलाकात तो तकरार कैसी, सबब क्या है बेरूखी का कहीं मोहब्बत तो नहीं ?

रूपा, को उनकी बात का जबाब देना उचित नहीं लगा, बिना बोले वहां से चली जाती है।

***

37.

बंकी जो बचे गुर्गे थे, बचने के लिए हॉस्पिटल के अंदर की तरफ भागे उनका पीछा करते करते रमेश और उसके साथी, पकड़ कर जैसे ही पीटने को हुए, रूपा वहां से गुजरती हुई दिखी...रमेश अपने साथियों से- ठोकते रहो सालों को अभी आता हूं।

रूपा रमेश से नजरे बचा कर वहां से जाने लगी।

रमेश,रूपा के पास जाकर - तुम समझ नहीं रही हो ?

रूपा - तुम्हें कहा किसने समझाने को, तुम्हें जो करना है करो मेरे पीछे क्यूं पड़े हो ?

रमेश - मै कहां पीछे पड़ा हूं, जहां मैं जाता हूं तुम खुद वहां पहुंच जाती हो।

रूपा- तुम जैसे मवालियों को खूब समझती हूं।

रमेश - रूपा ट्राई टू अंडरस्टैण्ड ?

रूपा - तुम जाते हो कि नहीं ?

आरिफ, बीच मे आते हुए- भाई चुनाव हो जाये फिर तुम लोग समझना समझाना।

रूपा बात को बढ़ाने की वजाय बिना कुछ बोले ही जाने लगती है।

रमेश, रूपा को जाते हुए - बोलती है तो आग ही उगलती है...नहीं फिर कुछ नहीं बोलती।

रूपा पलट कर देखते हुए गुस्से से चेहरा लाल-"माई फुट" कह कर निकल जाती है।

रमेश - हाय तुम्हारी इसी अदा पे तो मैं... क्या कहते हैं आरिफ से।

आरिफ - चल छोड़ भी ,अभी इसका समय नहीं।

***

38.

उन गुर्गों को उस मोहल्ले में ले गये जिन दुकानों में तोड़-फोड़ की थी, रोड़ पे ही खड़ा कर दिया।

आरिफ ,जोर से सीना ठोंकते हुए - यही थे ना , गाल में एक थप्पड मारते हुए- बोल बे किसका आदमी है ? उसने सब बक दिया ।

रमेश, बेग साहब की ओर इशारा करते हुए- चचा आप भी कुछ बोलें मौका यही है।

वहां पर खडे लोग, आपस मे बातें करने लगे - मौलवी ने ये सब वोट के लिए किया।

बेग साहब - अच्छे और बुरे हर जगह होते हैं हमे बस फर्क करना आना चाहिए, मौलवी जैसे लोग हमें गुमराह कर अपना काम साधते हैं, क्या हम ऐसे लोगों को अपनी ठेकेदारी देगें ?

वहां पर मौजूद लोग बेग साहब से सहमति जताते हुए- हम आपके साथ हैं हर तरह से जो भी जैसे भी मदद होगी हम करेंगे।

***

39.

चुनाव में मजहबी रंग चढ़ चुका था। चुनाव अब मौलवी और शंभू सिंह के लिए पद के लिए नही प्रतिष्ठा का सवाल बन चुका था,

दोनो ही भयक्रांत थे कहीं लोग इलियास को वोट ना दे दें ,शाम, दाम, दण्ड, भेद सब चुनाव में झोक दिया।

विशंभर नाथ को शंभू सिंह का समर्थन करना मजबूरी हो गई थी, उन्हे पता था बेग खुदा ना खास्ता जीत गया तो फिर रमेश कहीं नहीं जायेगा, अभी लड़कपन है बात धीरे-धीरे समझ आयेगी।

दिन-रात शंभू सिंह के चुनाव प्रचार में भिड़ गये, चुनाव नजदीक थे, चुनाव प्रसार की सरगर्मी बढ़ती जा रही थी, विशंभर नाथ प्रचार-प्रसार तो कर रहे थे लेकिन कहीं ना कहीं शिवपूजन की मौत का जिम्मेदार स्वयं को ठहराने लगे, उनके मन में शिवपूजन की मौत का आत्मबोध कहें या ड़र मन में था ।

अकाल मौत मरा कहीं बदला ना ले, उनके दिमाग में ये बात चलती रहती थी।

ड़र की वजह से रात 8 बजे के बाद घर से निकलना ही छोंड़ दिया चुनाव के दो दिन पहले विशंभर नाथ, शंभू सिंह के साथ प्रचार में भीड़े थे,समय का पता ही न चला ,रात दूसरा पहर होने को था।

विशंभर नाथ - शंभू भाई अब मैं चलूंगा, रात बहोत हो गयी है ?

शंभू सिंह- अभी कहां अभी तो 8 ही बजे हैं कल से तो वैसे भी चुनाव प्रचार बंद हो जायेगा, बस आज की रात है।

विशंभर नाथ, संकोच बस कुछ ना कह सके, कहते भी तो क्या शिवपूजन के भूत से ड़र रहे हैं । प्रचार-प्रसार में रात के 12 बज गये विशंभर नाथ के दिलों-दिमाग में ड़र हावी हो रहा था घर के रस्ते 2 किलोमीटर तक वीराना था।

आस-पास कोई नहीं था, हनुमान चलीसा का पाठ करते हुए अपने स्कूटर से चले कहीं

किसी पेड़ की पत्तियों में सरसराहट भी होती तो ड़र से खून की रफ्तार शरीर में दुगनी गति बढ़ जाती ।

उस वीराने रस्ते में एक बडा सा पीपल का पेंड था, उसके पास पहुंचते ही- बजरंग बली, हे बजरंगबली ये पेंड नका दो, समझो जीवन बच गया, बुदबुदाते हुए- जै हनुमान ज्ञान गुन सागर, जय कपीस तिहुं लोक उजागर...

पीपल के पास जैसे ही पहुंचे पीपल के पत्ते धीरे-धीरे हिल रहे थे, जैसे ही उसके नीचे पहुंचे पत्ते जोर-जोर से हिल रहे हो उन्हें ऐसा आभास हुआ, जैसे कोई उपर बैठा हो।

एक परछाई दिखी ड़र से गाड़ी का एक्सीलेटर बढ़ाने की वजाय ब्रेक लगा दिया।गाड़ी वहीं पर रूक गई ऐसा लगा मानो पेंड़ की डाली टूट कर उनके उपर आगिरी।

विशंभर नाथ की घिग्धी बंध गई , ड़र के मारे हनुमान चलीसा का पाठ रूक गया बस

जोर-जोर से-जै हनुमान जै हनुमान छोड दे मुझे।

आंख बंद हो गई बस यही रट लगाये जा रहे थे। कुछ देर में पेंड से कोई हरकत ना होते देख गाड़ी में किक मारी फुल स्पीड़ में भागने लगे, कुछ देर में उन्हे अहसास हुआ जैसे उनके पीछे कोई बैठा है। पीछे मुड़ कर देखा तो कोई नहीं था।

जैसे ही आगे की तरफ सिर घुमाया तो होश फक्ता हो गये बस मुंह से - भू...भू....की आवाज धड़कन ही मानो रूक गई हो गाड़ी पर से हांथ छूट गया गाड़ी सीधे जा कर पेंड़ से टकरा गई ।

***

40.

उसी रात रमेश, बेग साहब के घर में आंगे की रणनीति पर आपसी चर्चा चल रही थी, इतने में एक आदमी ने आकर इत्तेला दी कि सर्वेस गरीबों की बस्तियों में शराब और पैसा बांट रहा है।

रमेश और आरिफ अपने दर्जनों समर्थकों के साथ पहुंच गया सर्वेस को रंगे हाथ पैसा बांटते हुए पकड लिया। सर्वेश और उसके गुर्गो को घेर कर सब ने अपनी अपनी पोजीशन लेली,रमेश - पैसा पानी कि तरह बहा रहे हो ये लोग वोट लेकिन हमे ही देंगे, तुम्हारा पैसा काम ना आयेगा ?

सर्वेस नशे में धुत्त तमंचा बाहर निकाल कर - बहुत ही गलत टाइम में आये हो, चुपचाप लिकल लो, मुह से बात अब नहीं होगी ?

इतना कहते ही आरिफ हांथ में हाॅकी लिया था सर्वेस के जबड़े में कस के धर दिया। सर्वेस बिलबिलाता हुआ वहीं पर गिर गया।

सर्वेस के साथ वाले गुर्गे आंगे बढ़े, रमेश के साथ जो लोग थे पहले से ही तैयार थे आव देखा ना ताव जो हांथ लगा सभी की हाकी डण्डों से धुनाई शुरू कर दी, सब के सब भाग खड़े हुए।

रमेश - हां भाई सर्वेस सिंह वल्द शंभू सिंह ...का कह रहा था हांथ में बंदूक लेकर मुंह से बात नहीं करते... अब तो तुम वैसे भी नहीं कर पाओगे।कॉलर पकड़ के उठाते हुए- निकाल बंदूक ?

सर्वेस ,हकलाते हुए- तुम सब को नहीं छोड़ूंगा, कुत्ते की मौत ना दी तो कहना।

आरिफ - ये शाला फिल्मे बहुत देखता है, विलेन वाले सारे डाइलाग रट लिया।

सर्वेस -ये तो वक्त ही बतायेगा तुम दोनो की हीरोगीरी... पिछवाड़े डाल दूंगा, अपने बाप से कह दे, सलवार सूट की जगह कफन सिले।

रमेश ,जोर से एक थप्पड लगाते हुए - अपने भेजे में एक बात घुसेड़ले तुझे जिन्दा दफनाउंगा... कफन भी नसीब नहीं होगी।अब निकल ले...सर्वेस गाली देते हुए वहां से चला गया।

इतने में एक आदमी भागता हुआ आया, रमेश गजब हो गया तुम्हारे पिता जी का एक्सीडेन्ट हो गया, बगीचे में पेड़ के पास बेहोसी की हालत में मिले इतना सुनते ही रमेश और आरिफ घर की तरफ भागे।

घर जाकर देखा तो विशंभर नाथ ठंड़ से कांप रहे थे बस एक ही बात बार-बार दोहरा रहे थे- शिवपूजन का भूत, अब मुझे नहीं छोंडेगा।

रमेश - क्या बात कर रहे हैं कोई भूत-वूत नहीं है, ये आपका वहम है।

विशंभर नाथ - नहीं वो शिवपूजन बहोत बड़ा प्रेत बन गया है।

रमेश - प्रेत वो नहीं शंभू सिंह है जिसके साथ आप घूमते हो उसी ने कुछ किया होगा।

वो एक नम्बर का धूर्त और कपटी आदमी है आपको समझाया था शंभू सिंह जैसे दोगले आदमी का साथ मत दीजिए, लेकिन आप कहां मानने वाले।

विशंभर नाथ - ये कोई झूंठ नहीं है मैने अपनी आंखो से साक्षात उस प्रेत को देखा,बड़ा ही भयानक था अब मुझे वो नहीं छोंडेगा,बार बार यही रट लगाए जा रहे थे।

रमेश -आपका दिमाग खराब हो गया है और कुछ नहीं, सो जाइए सब ठीक हो जायेगा।

निर्मला देवी, रोते हुए- सच कह रहे हैं कोई झूठ नहीं कह रहे हैं तू बहस ना कर बैजू को बुला ला जल्दी।

रमेश - ढोंगी, पाखंण्डी, तांत्रिको को बुलाने की कोई जरूरत नहीं ये इनके मन का वहम है सब ठीक हो जायेगा।

निर्मला देवी - पडोसियों से तुम्ही लोग चले जाओ बैजू को बुला लाओ ,ये बाप का ही दुश्मन बनेगा । एक पडोसी गया बैजू को बुलाने के लिए।

बैजू ,आते ही - ओम हूम हूम फट फट फट फट क्रीम क्रीम स्वाहा...अपनी नाक भौं सिकोड़ते हुए- एक प्रेत आत्मा की गंध आ रही है।

निर्मला देवी- हां हां बाबा ठीक कहा शिवपूजन का प्रेत होगा।

रमेश - कोई प्रेत नहीं है आप बिना मतलब की बात मत ही करें।

बैजू - बहुत बड़ा प्रेत है अब वो नहीं छोंड़ने वाला ।

रमेश - बैजू तू बिना मतलब की बात मत कर।

निर्मला देवी,रमेश को चुप कराते हुए - तू चुप कर तुझे क्या पता प्रेत क्या होते हैं, बाबा तुम्ही कोई उपाय करों इन्हे बचा लो ?

बैजू - पूंछू तो क्या कहता है प्रेत, प्रेत भी बोलता है , अकाल मौत मारा जो वो प्रेत बहुत ही भयानक होता है, कहर बन के टूटता है, मै भी हार नहीं मानूंगा ...चुंदी पकड़ के घर लेजाऊंगा और घर का काम करवाऊंगा ।

आरिफ -साला मरने के बाद भी उससे चैन ना मिलेगा, बैजू से मैं तेरी चुंदी काट लूंगा जो तूने उसकी चुंदी काटी तो ?

बैजू -कैसी बात करते हो प्रेत, प्रेत है इंसान का थोड़े ही है कितना भी काम करे वो नहीं थकता ।

निर्मला देवी -फिर तो वो बहुत बड़ा प्रेत बना होगा बहुत काम करता था कभी किसी काम को ना नहीं करता था ।

बैजू, मंत्र बुदबुदाने लगा- ओम हीम क्रीम ओम हीम क्रीम चामुण्डा... नीम की एक टहनी विशंभर नाथ के पूरे शरीर में घुमाने लगा, पोटली से भभूत निकालकर विशंभर नाथ के मुंह पर फेक दिया ।

भभूत विशंभर नाथ के आंख में पड़ गई विशंभर नाथ ने आव देखा ना ताव उचट कर जोर से एक थप्पड बैजू के गाल पर जड़ दिया बैजू मुंह के बल जमीन में गिर पड़ा ।

बैजू , बिलबिलाते हुए -ये मेरे बस का नही... अपनी पोटली उठाई और वहां से भाग गया।

***

41.

सर्वेस अपने घर पर कराहते हुए लेटा था, संभु सिंह सर्वेस के बगल मे बैठे ताने मार रहे थे - तू मेरा खून है ? जिसके सामने मुह नहीं खुलता लोगों का ,नामर्द की औलाद कहीं का ...आ गया पिट के।

इतने मे मुन्ना आ धमका - क्या हुआ काका खुद ही को गाली दे रहे हो ... मैने सुना तुम को कल रमेश और पंचर वाले ने बहुत पीटा ?

सर्वेस कराहते हुए - तू यहां मजे लेने आया है।

मुन्ना - तुम्हारा दुश्मन मेरा दुश्मन हम मिलके मजा चखाएंगे, मेरे पास एक

जबरदस्त प्लैन है, सर्वेस के कान मे बुदबुदाते हुए ।

संभु सिंह - अब तू कौन सा पाठ पढ़ा रहा है ?

मुन्ना - बस देखते जाओ काका ऐसी बाजी पलटूंगा कि ।

संभु सिंह - बड़ा आया खुद का होश नहीं...बोतल चढ़ा के दिन भर लोट-पोट रहता है दूसरों की बाजी पलटेगा।

मुन्ना - कह लो जो कहना है लेकिन कभी कभी खोटा सिक्का काम आ जाता है।

संभु सिंह, सर्वेस की तरफ इशारा करते हुए - कर जो करना है लेकिन चुनाव होने तक कोई भी गडबड़ मत करना। उठ के चले जाते हैं।

****

42.

वोटिंग केलिये पोलिंग बूथ पर सभी प्रत्यासियों ने अपने अपने नुमाइंदे नियुक्त कर रखे थे, सरकारी अधिकारी लोग अपने-अपने पोलिंग बूथ मे नियत समय से पहले ही पंहुच कर पूरी तैयारी करवायी वोटिंग शुरू हुई।

सर्वेस पहले से ही घायल शेर की तरह बदला लेने के लिए तैयार था, फर्जी वोटिंग करवाने के लिए अपने कई आदमी लगा रखे थे, भेष बदलवा कर लाइन में लगा देता।

आरिफ सभी पोलिंग बूथ का चक्कर काट रहा था ,देखा सब जगह यही हाल है ,मौलवी और संभु सिंह के आदमी धांधली में जुटे हैं।

अपने छेत्र के मुख्य पोलिंग बूथ के बाहर जहाँ ,मौलवी ,संभु सिंह अपने अपने गुर्गो के साथ कोना पकड़े खड़े थे ,रमेश भी अपने आदमियों के साथ पहुंचा ,उसके पीछे पीछे

आरिफ भी अपनी फट फटिया से आधमका ,रमेश ने आरिफ के कान में जाकर कुछ कहा।

आरिफ ,मौलवी जी को आते देख कर उनके कान में- संभु सिंह फर्जी वोटिंग करवा रहा है हमारे और आपके बीच जो भी है आपसी कौम का मामला है आप ही चाहे जीत जायें, लेकिन ये शंभू सिंह नहीं जीतना चाहिए।

मौलवी जी तैस में आ गये संभु सिंह अपने समर्थको के साथ खड़े थे मौलवी जी भी अपने दर्जनो समर्थको के साथ पंहुच गये।

मौलवी जी -ये तुम ठीक नहीं कर रहे हो, ये सब नहीं चलेगा फर्जी वोटिंग नहीं होगी ?

संभु सिंह - किसने कहा फर्जी वोटिंग हो रही है और धमकी किसे देते हो ?

आरिफ, बीच में ही- फर्जी वोटिंग नहीं हो रही है तो क्या है ये जो लोग लाइन में लगे

हैं इनमें से कइयों को तो मैने ही देखा है कई बार वोट डालते हुए, ये सब अधिकारी लोग भी मिले हुए हैं बंद करवाइये वोटिंग।

इतना सुनते ही संभु सिंह आरिफ की तरफ लपकते हुए आरिफ का काॅलर पकड लिया।

आरिफ - ये तुमने मेरे गिरेबान पर नहीं मेरे पूरे कौम के गिरेबान पर हांथ डाला है।

इतना सुनते ही मौलवी जी और उनके समर्थक संभु सिंह की तरफ बढ़े, आरिफ वहां से निकल के दूर खडा हो गया। इतने में जोर से ठा की आवाज आई किसी ने संभु सिंह के सीने में गोली मार दी ,संभु सिंह वहीं पर ढ़ेर हो गये, वोटिंग रोक दी गई, पुलिस मौलवी जी को पकड़ कर थाने ले गई।

***

43.

रमेश और आरिफ मौलवी जी से मिलने थाने पंहुचे, मौलवी जी कोठरी में बैठे अपने आप बड़बड़ाते हुए सर धुन रहे थे।मौलवी साहब को इस अवस्था में देख कर आरिफ और रमेश को तसल्ली तो बहुत हुई ।

आरिफ, अपने चेहरे के भाव बदलते हुए - मुझे बड़ा अफसोस है आपको इस हालत में देख कर, कहां मस्जिद में बैठकर 5 वक्त की नमाज पढते थे , अब जेल में इस उमर में... अल्ला ये दिन किसी को भी ना दिखाए, अब क्या होगा आपकी चार-चार बेटियों का, कौन करेगा उनसे निकाह।

मौलवी जी गमगीन चेहरा झुकाये बैठे थे कोठरी में- मैने गोली चलाई ही नहीं ,ये मुझ पे झूंठा इल्जाम है, ये मुझ पर झूठा केस है गोली किसी और ने चलाई मैने उसे खिड़की से भागते हुए भी देखा।

रमेश -अदालत तो सबूत मांगेगी आप मेरी बात मान ले तो, आप को इस झमेले से बचा सकते हैं ?

मौलवी जी - निकालो मुझे यहां से जो कहोगे करूंगा ?

रमेश - आप आशिमा का निकाह इससे करवा दें,हां माना ये थोडा टेड़ा है लेकिन शादी के बाद तो शेर भी बिल्ली बन जाता है।आप तो रसूख दार आदमी हैं इसे भी लायक बना दीजिएगा... समझ रहे हो ना बात को।

आरिफ-आप की सिर्फ चार बेटियां है आपको भी तो कोई वारिस चाहिए जो अपकी नुमांइंदगी कर सके।

मौलवी जी - बात तो तुम ठीक ही कर रहे हो, लेकिन मै यहां से निकलूंगा कैसे ?

रमेश - नारायण सिंह अपने शहर के जानेमाने वकील हैं उनको आपका केस दे देंगे फिर तो समझो आपको कोई सजा नहीं दिलवा पायेगा।

मौलवी जी- वो मेरा केस लडेंगे क्या ?

रमेश - वो आप मुझ पे छोंड दीजिए।

रमेश और अरिफ इतना कह कर वहां से चले आये, आरिफ - भाई मान गया तुझे गजब का दांव खेला, गोली मरवाने वाली प्लानिंग का तो कहना ही क्या।

रमेश - अभी तो अंगडाई है आंगे अभी और लडाई है।

आरिफ - अब बात समझ में आई एक तीर से तीन निशाने दोनो हंसने लगे।

रमेश, हंसते हुए - तीन नहीं चार निशाने।

आरिफ - एक निशाना और कौन है ?

रमेश - रूपा ...एक निशाना अपने लिए भी लगा लूं अब चलो सीधे अब नरायण सिंह के घर चलते हैं।

****

44.

दिन ढ़ल चुका था रमेश और आरिफ नारायण सिंह के घर पंहुचे, नारायण सिंह बाहर ही लान में टहलते हुए मिल गये।

नारायण सिंह - अरे रमेश आओ आओ , कैसे आना हुआ, सब खैरियत तो है ना ?

रमेश - जी हां अंकल सब खैरियत है आप से एक जरूरी काम के सिलसिले में मिलने आया था।

नारायण सिंह - आओ अंदर आओ चलो बैठकर बातें करते हैं।

नारायण सिंह की धर्मपत्नी सुमन ने दोनो को चाय नाश्ता कराया -बेटा खाना बन रहा है खा कर ही जाना।

रमेश - नहीं आंटी परेशान ना हों ।

सुमन - इस में परेशान होने वाली कौन सी बात है, तुम मेरे बेटे जैसे हो, सच कहूं तो उस दिन तुम्हारे घर में हमें बहोत अच्छा लगा, इतना अपनापन प्यार, रूपा और तुम्हारी बहन भारती ऐसे घुल-मिल गई जैसे सगी बहने हों।

आरिफ, रमेश के कानों में- देख लो तुम्हारी मासूका को बहन बना दिया क्या पता राखी भी बंधवा दें।

सुमन - तुम्हारे घरवालों का नेचर हमें बहोत अच्छा लगा ।इतना कह कर वो अपने काम में लग गईं।

रमेश - अंकल वो अपने यहां वोटिंग के टाइम जो गोली चली थी उसके बारे में सुना होगा।

नरायण सिंह- हां सुना अखबारों में भी पढ़ा वो मौलवी जिसने गोली चलाई थी हिरासत में है।

रमेश - उसी केस के बारे में बात करनी थी।

नरायण सिंह - इस गोली कांड में जो मारा गया उसी शंभू सिंह का लड़का आया था...अपना केस मुझे लड़ने के लिए बोल रहा था।

रमेश - अंकल वो मौलवी पूरी तरह से निर्दोश हैं गोली किसी और ने चलाई थी, हम

यही रिक्वेस्ट करने आयें है कि आप मौलवी जी कि तरफ से केस की पैरवी करें।

नारायण सिंह - लेकिन मैने तो उसे जुबान दे दी।

रमेश - अंकल आप तो वकील हैं आपको पता है जज्जबात और जुबान की कोई अहमियत नहीं होती, वकील तो वैसे भी बात पलटने में माहिर होते हैं।

नारायण सिंह, मुस्कुराते हुए - ये बात तो है, आज की जनरेशन बड़ी एडवांस हो गई है, चलों कोशिस करता हूं।

इतने में रूपा हास्पिटल से आ गई -हे डैड... ये दोनो यहां क्या कर रहे ?

नारायण सिंह - कुछ जरूरी काम से आये हैं ।

रूपा, रमेश को चिढ़ाते हुए - फालतू लोग भी जरूरी काम करते हैं।

आरिफ - फालतू का काम भी तो एक काम है।

रूपा - इससे ज्यादा और कर भी क्या सकते हो ।

रमेश को फिर से चिढ़ाते हुए-शकल से भी फालतू काम से भी फालतू।

नारायण सिंह - बेटा ऐसा नहीं बोलते ।

रमेश - कोई बात नहीं अंकल , बातों का बुरा नहीं मानता।

रूपा - ठीक कहा सीधे हांथ पैर तो ड़ देता है ।

अपना मुंह बनाते हुए वहां से चली गई।

आरिफ - अंकल वो मैं कह रहा था, फालतू ... साॅरी ... मौलवी जी अगर रिहा हो गये तो मेरी शादी उनकी बेटी के साथ हो

जायेगी, अंकल अब आप के ही हांथ है सब कुछ ।

नारायण सिंह - तो ऐसी बात है, टेंशन मत लो कुछ ना कुछ करता हूं।

ये वार्तालाप चल ही रही थी कि नारायण सिंह से मिलने कुछ लोग आ गये, नारायण सिंह बाहर चले गये।

रमेश और आरिफ वही बैठे रहते हैं, उन दोनों वहाँ खाली बैठा देख रूपा, रमेश से - क्यूं हलो अब आप लोग भी जाइये, डोन्ट वेस्ट योर टाइम।

आरिफ - जी आप टेन्सन ना लें हमारे पास वेस्ट ही वेस्ट टाइम है।

रूपा - तुम लोग फालतू तो हो ही, ढीठ भी हो ।

इतने सुमन जी आ जाती हैं ,रूपा की बातें सुनकर हँसते हुए - तू भी ना कभी कभी बच्चों जैसी बातें करती है।

रमेश - कोई बात नहीं आंटी अभी इम्मेच्योर है, धीरे-धीरे मेच्चयोर हो जायेगी।

आरिफ -आंटी हम लोग खाना खा कर ही जायेंगे, रात के वक्त मेहमान बिना खाना खाये चले जाए अपशकुन होता हैं ।

रूपा, चिढ़ते हुए -भुक्खड कहीं के।

आरिफ- ये इश्क है तसल्लुफ हर किसी को समझ कहां आता है,

मगर हमें तो आंखो की भाषा पढ़ना आता है।

इतने में सुमन देवी आवाज लगाते हुए रूपा, खाना तैयार है, जरा इधर आना पापा को भी आवाज दे दो ,बेटा तुम लोग भी फ्रेस हो जाओ।

खाने-पीने का कार्यक्रम चला सभी डाइनिंग टेबल पर खाना खाने बैठे टेबल में तरह तरह के पकवान देख कर आरिफ धीरे से बड़े दिनों बाद कुछ अच्छा खाने को मिला । बिना देरी किये खाने पर टूट पड़ा रमेश धीरे से - आराम से खा ।

आरिफ - बडे बुजुर्ग कह गये हैं खाने पीने में कभी संकोच नहीं करना चाहिए।

नारायण सिंह, दोनों की आपस में खुसर फुसर सुन कर - क्या बात है बेटा कोई प्राब्लम है ?

रमेश - नहीं अंकल सब बढ़िया है, ये आरिफ कह रहा रहा था आप लोगों का इतना प्यार देखकर मन भर गया,खाना कौन खाये।

रूपा, ताना मारते हुए - वो तो दिख ही रहा है अब पेट भर लो।

नारायण सिंह, रूपा को डांटते हुए- ऐसी बात नहीं करते हैं।

रूपा -क्या मैने तो यही कहा पेट भर खाना खाओ, मेरी मम्मा खाना अच्छा बनाती हैं ।

सुमन - तू और तेरी बातें मेरी समझ नहीं आती।

नारायण सिंह ,रमेश से मुखातिब होते हुए - आगे क्या प्लानिंग की ?

रमेश - जी मैने सोचा है कि अब यहीं रहकर काम करूंगा ...शिवपूजन की आप बीती सुनाई।

नारायण सिंह बड़ा प्रभावित हुए - बहुत ही नेक और अच्छे विचार हैं आज जहां हर इंसान सिर्फ अपना पेट भरने में लगा है दूसरों की कौन परवाह करता है इस छोटे से शहर मे तुम करोगे क्या, ऐसी कोई फैक्ट्री वगैरह भी तो नहीं।

रमेश - आटोपार्ट का बिजनेस करने की सोच रहा हूं।

नरायण सिंह - बहुत अच्छा विचार है।

रूपा - बिजनेस मतलब फैक्ट्री डालोगे ?

रमेश - जी नही शा ॅप।

रूपा, मुंह बनाते हुए, -शॉप ?

रमेश ,हंसते हुए - जी हां उसके साथ गैराज भी डालूंगा गाडियों की सर्विसिंग करूंगा।

रूपा - छी रे ये काम करोगे।

नरायण सिंह - इसमें बुरा क्या है तुमने मकैनिकल से इंजीनियरिंग की है, इससे भला अच्छी बात क्या हो सकती है, नौकरी के लिए तो आज कल हर कोई भाग रहा है , मेरी मदद की जब भी जरूरत होगी बताना।

रमेश - जी बस अपका अर्शीवाद चाहिए।

* * *

45.

रमेश और आरिफ वहां से चले आये, आरिफ खुशी से फूला नहीं समा रहा था।

तुमने मुझे पहले क्यूं नहीं बताया, कि तू यही रहेगा।

रमेश - यहीं रहूंगा और साथ मिलकर काम करेंगे गैराज भी इसीलिए डाल रहा हूं।

आरिफ - तुम्हारे मुंह में घी के लड्डू, तुम्हारे लिए तो जान हाजिर है, अब शहर भर में जितनी गाड़ियां होगी... लेकिन शॉप डालना कहां है ?

रमेश - नरायण सिंह के घर के लिए जो रस्ता जाता है उसी नुक्कड पे बाई पास भी

नजदीक है, व्यापार और प्यार अब दोनो साथ चलेगे।

अरिफ - भाई भेजा तो तुम्हारा कमाल का है, तुम्हारे भेजे के लिए शेर कह दूं।

रमेश - नहीं मुझे अपना भेजे का भेजा फ्राई नहीं करना।

***

46.

रमेश और आरिफ ने मिल कर, नारायण सिंह के घर के नजदीक हाईवे पर दुकान डाल दी।

रूपा हास्पिटल से आते जाते दुकान के नजदीक से गुजरती मुंह फेर लेती, एक दिन रूपा अपनी स्कूटी लेकर रमेश की शॉप पे पहुंचती है रमेश ग्राहक को सामान देने में व्यस्त था आरिफ कोयले से सना गाड़ी बनाने मे बिजी था।

रूपा - हलो मैकेनिकल इंजीनियर मैकेनिक, मेरी स्कूटी की सर्विसिंग करनी हैं ?

आरिफ - धन्य भाग हमारे जो आप हमारे गरीब खाने पधारे, धन्य है ये स्कूटी जो आप को यहां पर आने के लिए मजबूर किया।

रूपा - कोई मजबूरी नहीं है, मैने सोचा किसी और को चार पैसे देने से भला तुम गरीबों का भला हो जाये।

आरिफ -अल्ला यूं ही मेहरबान रहे,आप ऐसे ही सर्विसिंग करवाने आती रहें।

रूपा - बकवास करोगे तो कहीं और करवा लूंगी, शॉप की तरफ नजर दौड़ाते हुए यहां कई वीआईपी शॉप हैं और तुम लोगों से अच्छे मकैनिक हैं।

रमेश को ये बात बहुत बुरी लगी - ठीक है मैडम ले जाइए हमने आप को कहा तो नहीं था आप हमसे ही अपनी स्कूटी सुधरवाइये।

रूपा - अपना एट्टीटयूड अपने पास रखो जा रही हूं।

रूपा गुस्से में अपनी स्कूटी ले जाने लगी ।

आरिफ - अरे मैडम ठहरिये आप खांम खा नाराज हो रही हैं।

इस बेजान स्कूटी को भला किसी की मोहब्बत से क्या लेना, अब डाक्टर के पास आ गई है तो इलाज कर लेने दीजिए। एक कुर्सी देते हुए आप उधर मत देखिएगा, आप यहीं पर बैठिये, 30 मिनट में आपकी स्कूटी को कैटरीना कैफ बना दूंगा।

रमेश ने किसी बहाने फिर से रूपा से बात करने की सोची- आरिफ, मैडम को चाय वाय तो पिलवा दो।

रूपा - मै सडक की चाय नहीं पीती।

आरिफ मौके की नजाकत को देखते हुए - मैडम आपको हम स्पेशल टी, ब्रुकबांड़ रेड लेवल टी पिलायेंगे, सड़क छाप चाय नहीं।

रूपा - तुम मेरी स्कूटी ठीक करते हो या मैं जाउं ?

आरिफ - आप बात-बात पे गुस्सा हो जाती हैं आप 15 मिनट इंतजार करिये, आधे घंटे मे आपकी स्कूटी रेड़ी ।

रूपा - इधर - उधर की बाते ना करो मुझे जल्दी है।

आरिफ - स्कूटी भी बनाता जा रहा था, उधर गाना भी गुनगुनाता जा रहा था -जाती हूं मैं, जल्दी है क्या, यहां बैठने से धडके मेरा जिया।

आधे घंटे के अंदर स्कूटी रेड़ी हो गई ये लीजिए मैडम, अब तो आपकी स्कूटी ,स्कूटी

नहीं रही,मर्सडीज हो गई ,बिना सेल्फ के हवा में उडेगी।

रूपा - फिर से बंद पड़ी तो तुम भी हवा में उडोगे...कितना हुआ ?

आरिफ - ये सब आपका ही तो है आप तो बस अपनी स्कूटी लेकर यहां पर आती रहें।

रूपा - ज्यादा नौटंकी करने की जरूरत नहीं पैसे बताओं ?

रमेश- 1000 हुए।

रूपा - इतने छोटे से काम के 1000 रूपये, अपने आप को बड़ा मकैनिक समझते हो ?

रमेश - हुए सो हुए, आप को देना हो तो दे दीजिए, नहीं मत दीजिए।

रूपा चिढते हुए टेबल पर 1000 का नोट पटकते हुए - ये लो अब इस कबाड खाने में कभी नहीं आउंगी, भिखारी, मवाली कहीं के।

आरिफ हंसते हुए - मैडम किसी दिन फुरसत से आप आपना भी इलाज क्यूं नहीं कर लेती ?

रूपा - तुम दोनो का मुंह तोड दूंगी।

आरिफ - अच्छा ठीक है एक शेर तो सुनते जाइये ?

रूपा स्कूटी लेकर जाने लगी।

आरिफ, रमेश की तरफ देखते हुए - ऐसे ही होता है तूफानी बारिष होने से पहले आसमान में बिजली चमकती है, टेन्सन मत लो यही तो इश्क है।

***

47.

भारती का ससुराल एक संयुक्त परिवार था। भारती के ससुर समशेर सिंह क्षेत्र में प्रतिष्ठित जमीदार थे, विनीत उनका सबसे बड़ा बेटा था जिसके साथ भारती की शादी हुई थी।

दो बेटियां एक सबसे छोटा बेटा जिसकी उमर 10-12 साल थी, दिन भर भारती से पगा रहता, भारती भी उसे बहुत दुलार देती, भारती के ऊपर घर की बड़ी बहू होने के नाते जिम्मेदारी भी थी।

सास -ससुर की सेवा में कोई कसर ना छोंडती, भारती के आते ही ननदें तो जैसे जेल से रिहा हो गई हो, दिन भर टी.वी. देखती, गप्पे हांकती बैठी रहती, उल्टा भारती को ही आंखे दिखाती, कोई ना कोई कमी निकाल कर मीन-मेख करती रहतीं। लेकिन भारती स्वभाव से हंसमुख थी, बात को टाल देती। भारती के पति विनीत यथा नाम तथा गुण बहुत ही हंसमुख और रंगीन मिजाज पी.डब्लू.डी में कांट्रैक्टर का काम करते थे।

एक दिन सुबह काम पे जाने के लिए तैयार हो रहे थे, भारती को काम में व्यस्त देख- थोड़ा समय हमें भी दे दीजिए ?

भारती रूम में कपड़े को तह देते हुए - अभी नहीं।

विनीत ,भारती को बिस्तर में खींच कर गिराते हुए - आज आप पे कुछ ज्यादा ही प्यार आ रहा है,आप कहें तो ना जाउं ?

भारती - रात बांकी है जितना मर्जी आये करियेगा?

विनीत - हमें तो मौका चाहिए क्या रात क्या दिन... किस करते हुए।

भारती - कुकर शीटी मार रहा है... छोडिये।

विनीत ने भारती को अपने बाहों में भर लिया- मारता है तो मारने दीजिए ...मूड़ बन गया है।

भारती आपने आप को छुड़ाते हुए - जब देखो आपका मूड़ बना रहता है,दाल पक गई है जल्दी से आपका टिफिन तैयार कर दूं।

भारती, जाने लगी, विनीत ठंड़ी आह भरते हुए- जाओ हो गया अधूरा काम,रात में ही पूरा करूंगा ,सारी कसर निकाल लूंगा।

उधर बाहर से भारती की ननद ने आवाज लगाई- महारानी सो गई क्या दाल जल गई ?

भारती - सुना ।

विनीत - इसकी भी शादी अब जल्दी ही करूंगा ससुराल जायेगी तब समझ आयेगा।

***

48.

शाम को समशेर सिंह घर के बाहर मचान में बैठे थे। अचानक फोन बजा उधर से आवाज सुनते ही समशेर सिंह अवाक रह गये...मुह से बस क्या...कहां...अभी कहां है ? फोन जमीन पे गिर गया... भागे भागे अंदर दौड़े अपनी धर्मपत्नी को आवाज लागाते है - विनीत का एक्सीडेन्ट हो गया है ।

घर की औरतें विलाप करने लगी, समशेर सिंह घर की किसी भी औरत को अस्पताल नहीं ले गये ,परिवार में और जो पुरुष सदस्य थे उनके साथ अस्पताल की ओर भागे ।

***

49.

आपरेशन थियेटर के बाहर विनीत के साथ काम करने वाले कई और लोग खड़े थे। समशेर सिंह एक साथ कई सवाल पूंछ डाले....

वे लोग आपस में बात कर ही रहे थे कि विनित के फोन पे किसी का फोन आया, बिना कुछ बोले गाडी उठाई जैसे ही 100 मीटर की दूरी मे पहुंचे होगे,एक लोडेड ट्रक लहराते हुए उनके उपर से गुजर गया ।

समशेर सिंह अचेत बाहर ही बैठे रहे, कुछ देर बाद आपरेशन थियेटर से डाॅक्टर बाहर आये सीधे दो टूक शब्दों में जवाब दे दिया- पासिबल ही नहीं था बचना... बॉडी पूरी डैमेज हो चुकी थी।

इतना सुनते ही समशेर सिंह सुन्न पड गये,मानो उनके पैरों तले जमीन ही खिसक गई । लाश का पोस्टमार्टम हुआ, बॉडी को हास्पिटल से घर ले आया गया । विशंभर नाथ को भी सूचना पहुंचाई गई।

* * *

50.

लाश को देख कर घरवाले दहाड़े मार कर चीखने चिल्लाने लगे, भारती तो पहले से ही अचेत पड़ी थी, घरवालों ने सोचा लाश को समशान में लेजाने से पहले भारती को बॉड़ी दिखा दें लेकिन किसी ही हिम्मत ना हुई, रमेश को ही जाना पड़ा ।

भारती अपने रूम में फर्स पर पड़ी थी, रमेश अपने आंसू पोछते भारती को अपने दोनों

हाथों से उठाते हुए- भारती.....भारती...किसी अपने का स्पर्श पाते ही उसके शरीर मे जैसे जान आगई हो मूर्छा टूटी अचानक ही ऊर्जा का संचार होने लगा। रमेश से लिपट कर दहाडे मार कर रोने लगी ।

रमेश - चलो ?

भारती बिलखते हुए - मैं ना जाउंगी कहीं वो आते होंगे काम से जब भी लौटते सीधे अपने रूम ही आते हैं ।

रमेश, दिल को पत्थर करते हुए, मालुम था, सब अंदर से टूट के बिखर गये हैं अगर उसने भी हौसला खोदिया तो संभालना बड़ा मुश्किल हो जायेगा- वो बाहर ही तुम्हारा इंतजार कर रहे हैं।

भारती, रमेश को आंखे फाड़ कर देखते हुए- सच कह रहा है ना तू,तू मसखरा बहुत है, झूंठ भी बोलता है, हर समय मजाक मत किया कर, सच में बाहर मुझे बुला रहे हैं ?

रमेश - हां भारती सच में।

भारती, बाहर की तरफ भागी, लोगों का हुजूम, सफेद चादर में लाश लिपटी पड़ी थी, कई जिन्दा लाशे जिन मे रूह तो थी, जिन्दा होने का अहसास नहीं था, हवा के झोंके कि तरह भारती ने कफन को दूर फेंक दिया,जिस्म को पहचान पाना भी भारती के लिए मुस्किल था, उसकी आंखों से धीरे-धीरे रोशनी जाती रही, रूह की तड़प ने जिस्म को जकझोर के रख दिया,अंदर जैसे एक बवंडर सा उठा, ना जमीन ना आसमान,सून्य, अनन्त में किसी ने फेंक दिया हो जैसे आंखे खुली रहीं,आसमान को देखते हुए चित गिर पड़ी।

***

51.

इस घटना से रमेश अंदर से टूट गया, विशंभर नाथ से तो बोलना ही छोंड दिया, उनको देखते ही नजरें चुराकर निकल जाता, विशंभर नाथ के जहन में ये बात घर कर गई, उस गरीब आत्मा का श्राप लगा।

रमेश, निराशा के भाव में इस कदर फसा की जो उसने सपनों में भी नहीं सोचा था, ऐसा कदम उठा लिया, एक दिन चमेली के आशियाने जा पहुंचा।

चमेली की बांहे ही खुल गई- आओ राजा कहा था ना एक दिन जरूर आओगे, बुझे बुझे दिख रहे हो। रमेश कुछ नहीं बोला ।

चमेली - तुम्हारी बातें तुम जानों, राजी खुशी तो कोई मेरे पास आता नहीं। हांथ पकड़ कर

ले जाते हुए, रूम का दरवाजा अंदर से बंद कर दिया।

चमेली -चिन्ता मत करो राजा हर मर्ज की दवा है चमेली के पास।

लाइट बंद ...अंधे कुएं मे हवस का घोडा दौडने लगा.... मंजिल में पहुंच कर ही रूका।

ये खेल अब रोज की आदत बन गई थी, शाम होते ही जो पैसे काउंटर में रखे रहते रमेश पूरा निकाल के कुछ शराब में बांकी जो बचता चमेली को दे देता। रूपा अगर आते जाते दिख जाती तो मुंह फेर लेता।

एक दिन रूपा शाप में आती है रमेश नहीं था। आरिफ गाड़ियों में भिड़ा था ... रूपा- क्या हो रहा है मैकेनिक ?

आरिफ - क्या हो रहा है, करमदंण्ड भोग रहा हूं।

रूपा - दूसरा वाला नहीं दिख रहा है इस समय उसके तेवर ही बदले बदले से लगते हैं ?

आरिफ - गया होगा अपनी पारो के पास ।

रूपा - समझी नहीं...

आरिफ - भाई साहब देवदास बन गये हैं।

रूपा - एक काम बचा था वो भी शुरू कर दिया,नाइस प्रोग्रेस।

***

52.

एक दिन शाम को रमेश काउंटर से जैसे ही पैसा निकालने लगा, आरिफ- भाई तू ये ठीक नहीं कर रहा जो भी है सब तेरा ही है पर तुझे इस तरह बरबाद होते हुए मैं नहीं देख सकता, छोंड दे उसे ?

रमेश - तेरे मुंह से ये बातें अच्छी नहीं लगती, लेकर कौन गया था रस्ता तो तुम्ही ने दिखाया था।

आरिफ - बुरा वक्त सबकी जिन्दगी में आता है मतलब ये नहीं की हम गलत रस्ते पे चलने लगे।

रमेश - वाह रे वक्त तुमने क्या करवट बदली है, अब कोई अपना ना रहा, जिसपे सबसे ज्यादा भरोसा था आज उसने भी जवाब दे दिया।

आरिफ - ठीक है मैं तेरा दुश्मन ही सही लेकिन जब तक जिन्दा हूँ तेरे साथ हूँ एक तो चला गया ,तुझे यों बर्बाद न होने दूँगा।

***

53.

अकेले पीने में किसको मजा आता है चार दोस्त और ढूढ़ लिए रोज महफ़िल सराब के अड्डे में लगने लगी सराब और चमेली के हुस्सन के सबाब में रमेश ने एक नई राह पकड़ली ।

एक रात अपने शराबी दोस्तों के साथ बैठा पी रहा था, गले तक सभी ने पी ।

रमेश- दुनिया में हर कोई किसी ना किसी गम का मारा... गम रहा इस बोतल से हारा, साली ने जिन्दगी तबाह कर दी बरबाद कर दी लाल आंखे दिल में सैलाब उखड़ती आवाज,जो जो बुरा हो सकता है सब कुछ तो

कर दिया... उठते हुए अब बचा क्या ... चलता हूं मित्रों...चमेली इंतजार कर रही होगी। एक ने हाथ खींच कर बैठाते हुए - अरे बैठ चमेली इंतजार कर रही होगी, उस लौंडिया ने ठीक नहीं किया, एक दूसरा, क्या बोलता है, गेम प्लान कर दें ?

रमेश- कैसी बाते करता है ?

एक और सर्वेश का खास आदमी उसका काम इधर की बात उधर करना नाम भी उसके काम के हिसाब से लोगो ने रखा था लबरा रमेश को बर्बाद करने में कोई कोरी कसार नहीं छोड़ना चाहता था।

उसने रमेश को खूब बहलाया फुसलाया ,रूप के खिलाफ उसके दिल में नफरत भर दी ,कई झूठे आरोप लगाए ,कभी इसके साथ ,कभी उसके साथ घूमते ,बाहों में बाहें डाले घूमते देखा।

रमेश, ने भी मन ही मन फैसला कर लिया- उसका घमंड तोडना भी जरूरी है ।

रमेश का एक हितैसी दोस्त जो चुनाव प्रचार प्रसार के समय बहुत साथ दिया था ,जब भी रमेश जो कहता तैयार हो जाता,उसने रमेश को समझाया - छोंड़ भी औरत का नशा भी शराब की तरह चढ़ता है उतर जाता है।

लबरा - इश्क़ छुपाये नहीं छिपता दोस्त , ये इश्क़ ही है जो तुम्हे यहाँ खींच लाया ,

मर्द हो यार क्या डरते हो उसको उसकी औकात आज दिखा ही दो।

रमेश - ऐसा क्या तो फिर चलो।

***

54.

रमेश अपने दोस्तों के साथ हास्पिटल पहुंच गया, रूपा मरीजो का चेकअप कर रही थी

बिजी देख कर रमेश वार्ड के बाहर रूक गया ।

लबरा - क्या तू भी , अभी तो ब ड़ी -बड़ी बातें कर रहा था।

रमेश - बाहर तो आये, एक दोस्त ने धक्का देते हुए अंदर की तरफ जा मेरे शेर।

रमेश, रूपा से- तुम से कुछ बात करनी है।

रूपा - मुझे कोई बात नहीं करनी, गेट लास्ट ।

रमेश, गुस्से से -तेरे जैसी बड़ी लौंडिया देखी लेकिन मुझे तुझसे मोहब्बत थी लेकिन अब नहीं है।

रूपा ने कुछ नहीं बोला ।

रमेश - तुम्हें अपनी खूबसूरती का घमंड है ,पैसों का घमंड है ?

रूपा, आंखे लाल करती हुई जोर से - हां है तो ...तुम्हे क्या यहां से सीधे चले जाओ।

रमेश - कान खोल कर सुनले मुझे अपने बाप की भी परवा नहीं,

तेरे बाप की इज्जत करता हूँ नहीं तो ?

रूपा, नजरे तरेरते हुए - नहीं तो, आगे बोलो ?

बांकी स्टाफ मेम्बर, लोगों की भीड़ लग गई एक सीनियर अमित आते हुए -वाट प्रब्लम रूपा ?

रूपा - मुझे नहीं पता ये शराबी कौन है मुझे परेशान कर रहा है।

अमित, रमेश पर चिल्लाते हुए प्यून की तरफ इशारा करते हुए -बाहर करो इसे।

रमेश, सीनियर का कॉलर पकडते हुए- इज्जतदार तुम हो तो बेगैरत हम भी नहीं,शराबियों की भी कोई इज्जत होती है।

अमित, चिल्लाते हए - अभी पुलिस को बुलाता हूँ... नंबर घूमते हुए,

रूपा - पुलिस के डंडे पडेंगे तो सारी शराब उतर जायेगी।

रमेश, रूपा की तरफ घूरते हुए खींच कर एक थप्पड़ अमित के कान में जड़ दिया, उस का कान सुन्न पड गया।

रमेश, अपने साथियों से वहां से चलने को कहता है- चलो रे बुलाओ पुलिस।

***

55.

रमेश और उसके साथी आपस में बात करते हुए चले जा रहे थे की इतने में पुलिस ने सभी को गाड़ी में बैठाकर थाने ले गई । जैसे ही थानेदार के सामने पहुंचे, कांस्टेबल- ये जीजिये साहब... पकड़ लाया चिड़ीमारों को ।

थानेदार - रमेश सिंह बडे चर्चे सुने है, बाप इज्जतदार बेटा सड़क छाप, लौंडियाबाजी काहे करते हो भाई ...जवानी को कण्ट्रोल रखो।

कांस्टेबल, अपनी बत्तीसी दिखाते हुए - कण्ट्रोल में हो गई तो फिर कहे की जवानी, इस उमर में फिर क्या हम करेंगे ?

थानेदार -हाँथ भी मारा तो कहाँ मारा।

कांस्टेबल - हां साहब वो भी नारायण सिंह की बेटी से... सारी धारा इसी पे ठोंक देंगे ।

इतने में आरिफ आ गया- जनाब गलती हो गई... अभी नया खून है ...हो जाती है गलती।

थानेदार - और तू इनका दादा जी ?

आरिफ - दोस्त समझिये भाई समझिये गुजारिश है छोड़ दीजिये।

थानेदार - तू यहाँ का कलेक्टर है जो तेरा कहाँ मानूं ?

आरिफ - फरियाद है साहब रमेश की तरफ देखते हुए - कील को क्या दोष दूँ ...अपना ही टायर लोकल निकला।

कांस्टेबल - साहब इसको भी बंद करू , बहुत होसियारी पेल रहा ?

थानेदार -जो कहना है नारायण सिंह से कहना इस मैटर में मैं कुछ भी नहीं कर सकता।

कांस्टेबल - दूसरे का मैटर होता तो सैटलमेंट कर भी देता।

आरिफ, रमेश से मुखातिब होते हुए - टेन्सन मत ले, आने ही वाले होगे।

नारायण सिंह जैसे ही अंदर आये थानेदार खड़े होकर -आइये सर कहिये इनका क्या करें ?

नारायण सिंह - बच्चे हैं गलती होगई, छोंड़ दीजिए।

मामला वहीं रफा दफा कर दिया, बाहर आते हुए रमेश से -मुझे तुमसे अकेले में बात करनी है।

रमेश सर झुकाकर सर्मिंदगी से- सॉरी अंकल ।

नारायण सिंह - हर प्राब्लम का साल्यूसन होता है लेकिन उसका ये तरीका नहीं। इन लफंगो के साथ शराब पी कर घूमते हो,

दोबारा शिकायत ना मिले, समझदार हो मालूम है निराश नहीं करोगे ।इतना कह कर चले गये।

उस दिन के बाद रमेश ने शराब पीना छोड़ दिया , रूपा को आते जाते देखता तो नजरें फेर लेता।

***

56.

रूपा के बर्थडे का दिन था नारायण सिंह के घर पार्टी थी रूपा ने तो नहीं बुलाया, लेकिन नारायण सिंह ने फोन कर आने के लिए कहा।

रमेश, आरिफ के साथ शाम को पहुंच गया पार्टी में भव्यता के सारे इंतेजाम थे, बड़े बड़े लोगों का जमावड़ा था, रमेश की निगाहें उस भीड़ में रूपा को ढूंढ रहीं थी।

रूपा अपनी फ्रेन्डस के साथ महरून रंग के लंहगे चुनरी में उसकी सुंदरता उस दिन देखते ही बन रही थी।

रमेश की नजरे ठहर गई, रूपा बात करते करते जैसे ही निगाहें रमेश की तरफ पडी नजरअंदाज करते हुए अपना मुंह फेर लिया आरिफ आंगे बढ़ कर- हैप्पी बर्थडे रूपा जी।

रूपा - थैंक्यू ...जैसे ही एक शेर पढने लगा- ए काश...

रूपा बस बस कोई जरूरत नहीं ...रमेश बुके देते हुए - विश यू वेरी हैप्पी बर्थडे, रूपा ने बुके लेकर एक साइड में रख दिया लेकिन कोई जवाब नहीं दिया दूसरी तरफ चली गई।

रमेश को बुरा लगा, आरिफ से- चल भाई चलते हैं।

आरिफ- बुफर चालू है खाना खाते हैं फिर चलते हैं ?

रमेश चिढ़ते हुए आंख दिखता है ।

आरिफ-दुनिया में सबसे दुश्मनी करो लेकिन खाने के साथ नहीं।

रमेश, आरिफ की ओर घूरते हुए - बेवकूफ हो क्या, देख नहीं रहे...अपनी बेज्जती करवाने थोड़े ही ना आये हैं ।

आरिफ - इतनी भीड़ में कौन किसे देख रहा है खाना खाते हैं निकलते हैं।

रमेश - मर भूंखे तू मर यहीं मैं चला।

आरिफ- गजब आदमी है तू भी, चल अच्छा लेकिन होटल में ही खाएंगे ?

रमेश -पियेगे भी।

इतने में रूपा का सीनियर अमित हॉस्पिटल में जिसे रमेश ने थप्पड़ जड़ा था ।

अमित - तू वही है ना शराबी...यहां क्या कर रहा है ?

रमेश -गलत जगह पर गलत बात कर दी ।

अमित - तुम जैसों के मुंह कौन लगता है।

रमेश - चिंता मत कर इस बार दूसरी साइड़ ।

अमित -खैरात खाने आया है क्या ...खा और चुप चाप निकल ले।

रमेश, अपने दांत पीसते हुए - यहां नहीं कहीं और होता तो ।

आरिफ ,रमेश को समझाते हुए - यहां रूकना अब ठीक नहीं है हम इससे बाद में निपट लेंगे ।

इतने मे रूपा आते हुए - वाट हैपेन्ड ?

विनीत - तुम इसे जानती हो ...और बताया भी नहीं।

रूपा - मेरे पापा ने बुलाया है सा ॅरी फार दिस, आप चलिए ।

रमेश, को घूरते हुए - यूज़लेस् फेलो ।

रमेश दोनों को जाते हुए घूरता रह गया।

***

57.

आरिफ और रमेश वहां से निकल कर सीधे वाइन शॉप पंहुचे, टेबल पर बैठ कर रमेश गुस्से में अभी भी था, पैग पे पैग बना कर पीने लगा ।

आरिफ - बस कर भाई एक लड़की के लिए जान थोड़ी ना देनी है,भूल जा उसे।

रमेश - बड़ी जालिम वफा है, हर किसी को समझ आती नहीं

मुझे तो लगता है उस डाॅक्टर से सेट हो गई है।

आरिफ पूरी तरह से नशे में झूमते हुए-

“बेवफाई का गम कब तक सहेंगे,

चलो ये ना सही किसी और से मोहब्बत करेंगे।“

मुझे भी लगता है मेरी मोहब्बत का यही अंजाम होगा।

रमेश एक घूंट में पूरा पैग पीते हुए- चमेली जिन्दाबाद , उसका दिल बहुत बड़ा है।

आरिफ - वो तो संमंदर है...दोनों जोर-जोर से हंसने लगे।

***

58.

मौलवी जी का केस नारायण सिंह ने ले लिया था, कोर्ट की पहली ही सुनवायी मे, अपनी दलीलों से मौलवी जी को बेल दिलवा दी।

रमेश फिर से अपने पुराने ढर्रे पे लौट गया रूपा अगर कहीं दिख भी गई तो नजरंदाज कर देता ।

सर्वेस, मामला हांथ से जाता देख नारायण सिंह को सबक सिखाने की योजना बनाई ।

एक दिन रूपा हास्पिटल से लौट रही थी, सर्वेस पहले से ही घात लगाकर बैठा था, रूपा का रस्ता रोंक लेता है।

सर्वेस - कहां जा रही हो उस दिन तो अच्छे से इन्ट्रोडक्सन भी नहीं हो पाया था ।

रूपा के जिस्म को कामुकता से घूरते हुए ...आज तो देती जाओ ?

रूपा - हटो मेरे रस्ते से... अपनी स्कूटी जैसे ही स्टार्ट करने लगी सर्वेस ने रूपा का हांथ पकड़ लिया।

सर्वेस - गाल गुलाबी, होट रसीले, मस्त-मस्त तेरे नैन, तुमने लूट लिया हाय मेरा सुख चैन। एक बार हाँ कर दो... वो मजा दूंगा कि बार-बार मेरे पास ही ।

रूपा, सर्वेश के गाल में जैसे ही थप्पड़ मारने केलिए हाँथ उठाती है,सर्वेस ने कस कर पकड़ लिया, दुपट्टा खींचते हुए अपने आगोस में ले लिया, पूरे बदन में किस करने लगा।

रूपा जैसे ही चीखने चिल्लाने को हुई सर्वेस ने रूपा का मुंह बंद कर करते हुए - छमिया मुझे ना तेरा रेप नहीं करना, मुझे तो तेरे बाप और तेरे मजनू से बदला लेना है।

गर्दन मरोडते हुए-तुझे दर्द होगा तो उन्हे भी दर्द होगा,जब दर्द होगा तो शिकार करने में मजा आएगा, जा जाकर बोल देना अब खुली जंग होगी।

रूपा वहां से अस्त-व्यस्त हालत में रोते हुए स्कूटी लेकर घर की ओर चली, रमेश के गैराज के पास से जैसे ही गुजरने लगी, रमेश की नजर रूपा पर पड़ी, रूपा के बाल बिखरे हुए, कपड़े फटे हुए, बदन पे दुपट्टा नहीं रमेश समझ गया मामला जरूर कुछ गड़बड़ है।

***

59.

रमेश, नारायण सिंह के घर पहुंच गया, रूपा रोये जा रही थी, कुछ बोल नहीं रही थी ।

नारायण सिंह और सुमन- क्या हुआ कौन किया कुछ तो बोलो ?

रूपा, चिल्लाते हुए - ये सब उस मवाली की वजह से हुआ है।

नारायण सिंह - कौन है वो नाम तो बताओ, किसकी इतनी हिम्मत कि मेरी बेटी को हांथ भी लगा दे ?

रूपा - सर्वेस नाम बता रहा था, उसी ने मेरे कपड़े फाड़े मुझे किस भी किया।

नारायण सिंह आगबबूला होते हुए-आज उसकी खैर नहीं।

इतने में रमेश आ जाता है- अंकल रूपा ठीक तो है ?

रूपा, चिल्लाते हुए - ठीक रहूंगी जब तुम हमारे परिवार से दूर रहोगे, मनहूस कहीं के किसने बुलाया तुम्हे जाओ यहां से ?

रमेश - चला जाउंगा मेरी वजह से अब कोई प्राब्लम नहीं होगी लेकिन इस प्राब्लम को निपटा कर जाउंगा।

नरायण सिंह ,पुलिस को फोन लगाने लगे।

रमेश - रूक जाइये अंकल, खांमखा बदनामी होगी,एफआईआर डालना सही नहीं होगा, मैं अपने तरीके से निपट लूंगा।

नरायणसिंह - अपना तरीका क्या...मारपीट करोगे, ऐसा बिल्कुल नहीं करना, उसे तो हवालात की हवा खिलवाउंगा।

रमेश - उमर कैद तो होगी नहीं कुछ दिन जेल मे रहेगा फिर छूट जायेगा, फिर क्या, इज्जत वापस थोड़े ही आयेगी, उसे उसी की

भाषा में समझाना पडेगा, ये कह कर वहां से चला आया।

***

60.

गराज में अरिफ को सारी बात बताई आरिफ को गाड़ी में बिठाया और सर्वेस के घर की तरफ निकल गये।

सर्वेस, घर के बाहर ही हाट में एक पान की दुकान पर पान खाते हुए मिल गया।

रमेश, गाड़ी रोंक कर आव देखा ना ताव कस कर एक लात मारी सर्वेस दूर जा गिरा ।

सर्वेस ने अपना देशी कट्टा निकाल कर फायरिंग की निशाना चूक गया , गोली कान के बगल से निकल गई, इतने में रमेश ने

पेट में दूसरा मुक्का मारा, सर्वेस के हांथ से कट्टा दूर जा गिरा, दोनो के बीच हांथा-पाई चल ही रही थी कि सर्वेस ने रमेश पर चाकू से वार कर दिया।

चाकू रमेश के पेट में जा घुसा, रमेश जितनी देर में सम्भलता सर्वेस वहां से भाग गया, आरिफ ने सर्वेस के पीछे कुछ दूरा तक भागा लेकिन उसे पकड़ ना सका।

रमेश को खून से लथपथ देख अपना शर्ट उतार कर उसके पेट में जकड़ कर बांध दिया जिसे कुछ तो खून का रिसाव कम हो, रमेश को तुरंत हास्पिटल लेकर भागा ।

हास्पिटल में एडमिट करने के बाद रमेश के पिता जी और नरायण सिंह को पूरी बात बताई, रमेश का इलाज चल ही रहा था कि विशंभर नाथ हंफते हुए हास्पिटल पहुचें।

क्या हुआ, कैसे हुआ, एक साथ सवाल दागने लगे।

आरिफ - आप घबराइये नहीं ज्यादा खून नहीं बहने पाया है, सब ठीक हो जायेगा।

विशंभर नाथ - सब ठीक हो जायेगा, जब तक तुम उसकी जिंदगी में ग्रहण हो तब तक कुछ ठीक नहीं होगा, ये सब तुम्हारे कारण हुआ है।

आरिफ के आखों में आंसू निकलने लगे- हां अंकल आप सही कहते हैं ये सब मेरी वजह से हुआ है, इन सब का जिम्मेदार मै हूं।

विशंभर नाथ - मेरे बेटे को कुछ हुआ तो मैं तुम्हें छोंडूगा नहीं।

विश्वंभरनाथ आरिफ के उपर तीखे शब्दों की बारिष कर ही रहे थे कि नारायण सिंह आ गये।

क्या हुआ क्यों चिल्ला रहे हैं, ये वक्त संयम से काम लेने का है, ईश्वर ने चाहा तो सब ठीक होगा। डाॅक्टर ने क्या कहा ?

आरिफ, रोते हुए- कहां बोला कुछ, अभी तक कुछ बोला ही नही, मैं इनकी बातों से थोड़े ही ना रो रहा हूं।

डॉक्टर, ऑपरेशन थियेटर से बाहर निकल कर-

चिन्ता की कोई बात नहीं जख्म ज्यादा गहरा नही है वो तो अच्छा हुआ किड़नी से थोडा सा उपर लगा नहीं तो मुस्किल हो सकती थी।

रमेश के होश में आने के इंतजार में बाहर ही तीनों लोग बेचैन चक्कर काट रहे थे। रूपा भी आ पहुंची, अपने आंसुओं को छुपाते हुए- पापा रमेश अब कैसा है, ज्यादा चोंट तो नहीं आई ?

नरायण सिंह -चिन्ता की बात नहीं सब ठीक है।

रमेश को दो-तीन घंण्टे बाद होस आया, आई सी यू से नार्मल वार्ड में शिफ्ट किया गया, रमेश ने सभी के पीछे रूपा का चेहरा देखा रमेश के चेहरे में मुस्कान आगई डाक्टर ने ज्यादा बोलने को मना किया था फिर भी सब की बाते सुन रहा था, जब सब जाने लगे, रमेश ने रूपा की तरफ रूकने का इशारा किया।

रूपा, रोती हुई -तुम एक बार ठीक हो जाओ फिर तुम्हें बताती हूं मवाली कहीं के, जब पापा ने मना किया था तो क्यूं गये थे।

रमेश - धीरे से साॅरी बोलत हुए ।

रूपा - मुझे तुम्हारी कोई बात नहीं सुननी । इतना कह कर वहां से रोती हुई बाहर आ गई।

रमेश का हफ्तों इलाज चला, रमेश की देख रेख, मरहम पट्टी रूपा ही करती थी, रात-दिन वहीं पर रहती। विशंभर नाथ भी

निश्चिंत थे उनकी होने वाली बहू देख रेख कर रही थी।

15 दिन बाद हास्पिटल से रमेश को डिस्चार्ज कर दिया गया, उधर सर्वेस के खिलाफ वारंट कटा , उसका कहीं पता नहीं था फरार हो गया पुलिस तफ्तीस में थी। उधर रूपा और रमेश का प्यार परवान चढने लगा ।

***

61.

रमेश का प्यार तो मुकम्मल हो गया था लेकिन आरिफ की प्रेम नैया मजधार में ही फसी थी, मौलवी जी न हां करते और ना ही न, बस यही कहते अभी समय है, इतनी जल्दी क्या है।

आरिफ को लगा मौलवी जी की बातों का क्या भरोसा इधर केस का निबटारा हो उधर मौलवी जी मेरी मोहब्बत का निपटारा कर दें।

आरिफ ने सोचा क्यूं ना आशिमा से ही बात करू मिंया-बीबी राजी तो क्या करेगा मौलवी।

एक दिन आशिमा कालेज जाती हुई दिख गई आरिफ ने आशिमा को रूकने के लिए हांथ से लाइट जलने-बुझने का इशारा किया, आशिमा ने अपनी स्कूटी नहीं रोंकी आंगे लिकल गई ।

आरिफ, निराश मन से -चलती तो ऐसे है जैसे हवाई जहाज चला रही हो पता नहीं मेरे दिल में कब लैंड़ करेगी।

कुछ ही देर मे आशिमा वापस लौटी- तुमने अभी क्या इशारा किया?

आरिफ- मैने, मैने... तो कुछ नहीं किया।

आशिमा एक थप्पड़ लगाते हुए- अब याद आया कुछ ?

आरिफ - तुम्हारी स्कूटी की हेड लाइट जल रही ।

आशिमा - अब इस थप्पड़ से तुम्हारी भी हेड लाइट जल गई होगी।

आरिफ - आशिमा मेरी हेड लाईट, ट्यूब लाइट सब तुम ही हो, मेरे दिल के वायर से अपने दिल का वायर कनेक्ट कर लो?

आशिमा, हंसते हुए- तुम्हारी लाइट जलेगी मेरा का◌ॅलेज खत्म होने के बाद इतना कह कर जाने लगी।

आरिफ खुशी से झूम उठा-

“ इजहारे मोहब्बत वो कुद कुछ इस तरह कर गये,

हमें पता भी भी ना लगा और वो हां कह गये।“

***

62.

सर्वेस के इशारे पर एक दिन मुन्ना अपने कुछ साथियों के साथ चमेली के कोठे पर जा पहुंचा...क्यूं रे चमेली तेरा वो नया आशिक अब नहीं आता ?

चमेली - मेरी तो दुनिया दीवानी है राजा तू किसी बात कर रहा है ?

मुन्ना - वो रमेंश...

चमेली - अच्छा वो चिकना ...वो तो मक्खन है... उसकी मलाई में जो स्वाद है वो कहीं और नहीं।

मुन्ना - तूने असली मलाई अभी कहां खाई...अब तो नहीं आता होगा, छमिया सेट कर ली तुझे किनारे कर दिया?

मुन्ना अपने साथियों को इशारा करते हुए - जाओ रे तुम लोग इसे मलाई खिला कर आता हूं।

चमेली, मुन्ना को रूम के अंदर लेकर गई।

मुन्ना जेब से बोतल निकालकर- रूक जा दो पैग मार लूं तभी ना मलाई निकलेगी।

चमेली - लगता है तू असली वाला मर्द नहीं है।

मुन्ना- सबर रख इंतजार का फल मलाई ही मलाई ।

चमेली के उपर लेटते हुए चमेली - अच्छा ये बता तू उस चिकने को क्यूं ढूंढ रहा है, वो तो बड़ा सीधा लड़का है।

मुन्ना- वो साला बड़ा हरामी है, उसकी बहन को विधवा कर दिया अब उसकी बारी है, उसकी बहन भी कमसिन हसीना है उसको टपका के उसकी बहन से ब्याह रचाउंगा, नहीं जिन्दगी भर तेरे गंदे नाले में ही डुबकी लगानी पड़ेगी... तू चाहे तो तेरी भी जिंदगी बदल जाये नहीं तो जिंदगी भर यही करेगी।

चमेली - तो तू चाहता है मैं उसे टपका दूं और जेल चली जाउं ?

मुन्ना - तू बात तो सुनती नहीं तू बस उसे ये नशे की गोली दे दे... आगे मामला मै संभाल लूंगा, सांप भी मर जायेगा और लाठी भी नहीं टूटेगी।

मुन्ना अपनी हवस पूरी करके निकल गया, लेकिन चमेली के दिल मे रमेश के लिए

जगह थी, ये दरिंदे उसको निगल जायेगे उससे पहले ही कुछ करना पडेगा।

***

63.

चमेली,आरिफ का पता लगाते हुए उसके शाप जा पहुंची, आरिफ अपने काम में भिड़ा हुआ था। चमेली को देख कर आरिफ चौक जाता है-तुझे यहां भी बुलाने लगा ?

चमेली - मैं कुछ समझी नहीं खैर छोंड़ वो चिकना कहां है , कुछ जरूरी बात बतानी है ?

आरिफ - मुझे बता दे बात एक ही है।

रमेश, अंदर से निकलते हुए- कौन सी बात ?

चमेली सब कुछ बता कर चली गई।

आरिफ और रमेश गुस्से से आगबबूला... आरिफ- अब क्या करें ?

रमेश - चल उठा गाड़ी मुझे पता है वो हरामी कहां मिलेगा।

मुन्ना एक सुनसान पुलिया पे अपने कुछ साथियों के साथ शराब पी रहा था रमेश और आरिफ को देखते ही उनके होश फक्ता हो गये। आरिफ के हांथ में बेसबाॅल थी जितने भी उसके साथी थे सबकी जमकर धुलाई की सब के सब भाग खड़े हुए । रमेश ने मुन्ना के पेट में जोर से एक लात मारी वो दूर जा गिरा- अब बता सब कुछ सच-सच...बताया तो छोड़ दूंगा ?

मुन्ना, उठते हुए - क्या बताउं रोने का नाटक करते हुए गरीब आदमी हूं, शरीर से

भी देख ही रहे हो, शराब पी पी कर कितना कमजोर हो गया हूं।

आरिफ ने एक बेसबाॅल जबड़े में धर दिया - अब तू बक दे नहीं तो इस नाले में ... मार के फेंक दूंगा।

मुन्ना ने ड़र के मारे सब कुछ उगल दिया।

उस दिन मै तुम्हारे जीजा से मिला था झूंठ में ही सर्वेश के कहने पर एक रोड़ के इंस्पेक्शन के सिलसिले में बात की फिर उसके बाद मैने अपने फोन से सर्वेस से बात करवाई उसने क्या बात की... नहीं पता आंगे सच कहता हूं मुझे नहीं पता उसने मुझे कुछ भी नही बताया। उसने मुझे जितना कहा मैने कर दिया।

रमेंश ने ये बात नारायण सिंह को बताई, नारायण सिंह ने उसे लेकर थाने में आने के लिए बोला वो भी पहुंचे, मुन्ना का बयान दर्ज कर पोलिस ने उसे कस्टडी में डाल दिया।

***

64.

पुलिस सर्वेस की खोज जोरो से कर रही थी लेकिन उसका पता कहीं से कहीं तक ना चल पा रहा था ।

अपने स्तर पर रमेश भी इधर-उधर से सुराग ढूंढ रहा था, कहीं से उसका पता चले, रमेश को पता था सर्वेस एक जहरीला सांप है, उसे जिन्दा छोंडना वाजिब नहीं होगा, वो फिर से डसेगा।

सर्वेस के पिता संभु नाथ और चाचा माणिक सिंह के बीच आपसी जमीन का विवाद था जो कोर्ट तक भी पहुंच चुका था, रमेश ने उसके चाचा से घनिष्ठता बढ़ाई।

किसी भी तरह उसका पता लग जाये, एक दिन उन्हे पता चला वो यू.पी. के इलाहाबाद में कहीं छिपा बैठा है, अननोन नंबरों से कभी-कभी घर पे फोन किया करता है।

शाम का वक्त था रमेश के गैराज के नजदीक पान की गोमती में एक गाड़ी कई घंटो से खड़ी थी, दो आदमी भी साथ में थे ।

बार-बार उनकी नजर रमेश के गैराज की तरफ ही थी। रमेश को सक तो हुआ कुछ गड़बड़ है लेकिन गाड़ी के नेमप्लेट में यूपी देखकर शक पुख्ता हो गया।

रमेश और आरिफ एक ही गाड़ी से शाम को घर जाते थे, रमेश ने अपनी गाड़ी में अपने दो आदमियों को अरिफ और अपने कपड़े पहना कर घर की तरफ वाली रोड़ से ना जाकर, हाइवे के रस्ते से रवाना कर दिया।

गाड़ी को जाते देख पान की गोमती मे खड़े दोनो लोग हरकत में आये फोन किया और

रमेश की गाड़ी का पीछा करने लगे उनको जाते देख रमेश और आरिफ एक फोर व्हीलर से उनके पीछे हो गये।

महज कुछ ही किलोमीटर के फासले में रमेश की दो पहिया गाड़ी के पीछे एक गाड़ी और पीछा करने लगी, रमेश भांप गया ये सर्वेस ही है, रमेश ने अपनी गाड़ी की स्पीड़ बढ़ा दी सर्वेस जैसे ही अपना कट्टा निकाल कर मारने को हुआ, रमेश ने अपनी फोरव्हीलर से उसकी बाइक में जोरदार टक्कर मारी, बाइक के साथ सर्वेस दूर जा गिरा।

सर्वेस दर्द से कराह उठा, उसके साथ वाले गुंड़े भाग गये। रमेश ने सर्वेस को उठा कर अपनी गाड़ी में बिठा लिया और अपने बांकी साथियों को रवाना कर दिया।

सर्वेस गिड़गिड़ाने लगा, छोंड़ दो मुझे गलती हो गई , हम दोनों में दुश्मनी है तो क्या हुआ ...ये नीच हरकत नहीं कर सकता...तुम्हारी बहन मेरी बहन एक बार

माफ कर दो...तुम्हारी तरफ आंख उठा कर भी नहीं देखूंगा।

आरिफ - डायलाग कुछ जम नहीं रहा कोई फिल्म का डायलाग याद नहीं आ रहा। तुम्हारा वो वाला डायलाग मुझे आज भी याद है- हांथ में बंदूक लेकर हम मुहं से बात नहीं करते।

सर्वेस - कोई डायलाग नहं मारूंगा आरिफ भाई, तुम तो समझदार इंसान हो समझाओ इसे ?

आरिफ - मै तो बिल्कुल नहीं अब तुम भी अपने पिता जी से समझना गला पकड़ते हुए- तेरे बाप को हमने ही गोली मरवाई थी। किसी को पता भी ना चला तुझे भी ऐसी जगह दफन करेंगे कि तेरी लाश ना मिलेगी तू तो वैसे भी भगोड़ा है।

रमेश ने एक खाई के पास जा कर गाडी रोक दी जिसके नीचे एक गहरा कुंड था, जहाँ

लोग पिकनिक मनाने आते थे, कई लोग फिसल कर उस कुंड में गिर गये लेकिन उनकी लाश कभी बाहर नहीं आयी बहोत ही गहरा था।

रमेश - मरते हुए आदमी से ज्यादा बात नहीं करते, धकेलते हुए जो वादा किया था पूरा किया, खाई में धकेल दिया ।श्रदांजलि स्वरुप दोनों ने बस इतना ही कहा :

"अलविदा "

www.ingramcontent.com/pod-product-compliance
Lightning Source LLC
LaVergne TN
LVHW050647051026
849532LV00002B/556